# 転生令嬢は庶民の味に飢えている４

登場人物紹介
Characters Introduction
黒銀《くろがね》
クリステアと契約を結んだフェンリルの聖獣。腕利きでクリステアを護ってくれる。
真白《ましろ》
クリステアと契約を結んだホーリーベアの聖獣。まだ幼くて甘えん坊。
クリステア
美味しいご飯のためなら努力を惜しまない公爵令嬢。前世は日本の下町暮らしのOLだった。
輝夜《かぐや》
本来は黒ヒョウの姿を持つ魔獣だが、黒猫の姿でクリステアと契約するはめに。

マリエル
メイヤー男爵令嬢。
クリステアと同じく
前世は日本人。
シン
エリスフィード家の
料理人。元は街の屋台で
働いていた。
スチュワード
エリスフィード公爵で、
クリステアの父。娘に甘く、
クリステアの料理のおかげで
和食党に。
セイ
東方の国ヤハトゥール出身。
クリステアに様々な食材を提供
してくれる友人。
ノーマン
クリステアの兄。妹想いで
優しいが、少し過保護
な一面も。

# 第一章　転生令嬢は、領地へ帰還する。

まだまだ寒さが厳しいある朝のこと、いつもの日課であるヨガを終えて着替え、階下へ降りるとなんだか慌ただしい雰囲気だった。

「……？　何かしら、朝から皆忙しそうね」

ここは、ラスフェリア大陸内で大国と名高いドリスタン王国の王都。その中でも高位の貴族が住まう区画にあるエリスフィード公爵邸である。

そのエリスフィード公爵の長女が私、クリステア・エリスフィード、十歳だ。

前世が日本人だった私は、何故か異世界であるこの世界に転生した。

それがわかったのは八歳のある日、領地の街中《まちなか》のとある屋台でオクパル——前世のたこ焼きによく似た料理を食べたのがきっかけだった。……そんなことで前世を思い出すとか、どんだけ食いしん坊なのよ私……ってちょっと落ち込まなくもなかったけど。

だけど、前世の記憶を取り戻した私にとって、この世界の料理はなんというか……美味しくなかった。コテコテでギットギトの料理に、前世が日本人の私が耐えられるわけがないよね？

そこで前世で料理好きだった私は、なんとかして美味しいごはんを食べようと奮闘したのだ。けれど、この世界では家畜の飼料だったお米を料理に使ったり、一般的には普及していない食材を使ったりした結果、「悪食令嬢《あくじき》」という二つ名を付けられてしまった。

幸い、お父様やお兄様の揉み消し（？）や王族の皆様のとりなしもあり、それは鎮静化しつつある。ところが今度は、お兄様のご学友で、王太子のレイモンド殿下の婚約者候補として王族の皆様に目をつけられてしまった。

我がエリスフィード公爵家は、ドリスタン王国でも名門中の名門。しかも両親が国王陛下ご夫妻と学園時代からの旧友ということもあり、私が生まれてすぐの頃にもレイモンド殿下の婚約者としてどうかと打診があったらしい。だが、幼い私は魔力量が多く、魔力制御ができなかった。そのため周囲に危険を及ぼす可能性があるとして、お父様は私を領地に引きこもらせ、婚約者候補を辞退したのだ。

……という話だけど、本当のところは娘馬鹿のお父様がそれを理由に体《てい》良くお断りしたのだと私は確信している。学園時代、お父様は陛下にかなり振り回されたみたいで「私の可愛い娘が、彼奴《あやつ》の義娘《むすめ》になるなど許しがたいッ！」と息巻いているのを聞いたことがあるし。

私としても王太子殿下の婚約者なんてのは正直お断りしたい。だってそれって、将来的には王太子妃……いや王妃になるってことでしょ？　何それ？　ギャグなの？

前世は下町暮らしの庶民ＯＬだった私が、貴族の令嬢に生まれ変わったってだけでもびっくりなのに、王族の仲間入りとかそんなの無理無理無理無理ィ！

前世の記憶が戻る前のクリステアの記憶があるからなんとかやっていけてるけれど、前世の庶民感覚も残っているので、普通の貴族の令嬢とはかなりズレているんじゃないかと思う。そんな私だから、貴族に嫁ぐのだって苦労するだろうに、王族に嫁ぐなんて荷が重いよ……

幸いお父様もお兄様も「公爵家《ここ》にずっといればいい！」と言ってくれているので、もしかしたらお嫁に行かなくてすむんじゃないかな～なんて希望を抱いている。とはいえ、お兄様がお嫁さんをもらったら、小姑《こじゅうと》なんて邪魔なだけだろうし、ゆくゆくは領地のどこかに土地をもらって、宿屋やレストランでもやりながら、真白《ましろ》や黒銀《くろがね》たちとのんびり過ごせたらいいなと考えている。

あ、真白と黒銀というのは、私と契約してくれた聖獣で、真白はホーリーベア、黒銀はフェンリルだ。それから魔獣の輝夜《かぐや》とも契約している。

ちなみに、聖獣は強大な力を持っていて、契約すればその主人を護り抜くという。

実は、聖獣と契約していることが公《おおやけ》になると非常にまずい。

この国の建国に聖獣が関わっているせいか、国は聖獣と契約した者を取り込むために様々な手を使うと聞いている。政略結婚もそのひとつ……てなわけで、現在は契約していることを秘密にしている。バレるのは時間の問題だろうけれどね。

お父様の話によると、この春に入学する予定のアデリア学園に入りさえすれば、しばらく時間稼ぎができるはずとのこと。学園は生徒の自由を守ることを第一にしているからね。そのため在学中に周囲の状況を窺《うかが》いつつ対策を練ろうということになっている。それまでなんとか隠し通したい。

とにかく、当座の目標は王太子の婚約者候補を回避することと、日々の美味しいごはんのためにもっともっと料理をすること。

美味しいごはんのために食材探しや料理をするには、王太子の婚約者なんてなっている暇はない。王太子妃になるための教育を受ける時間があるなら、その時間で料理したいもんね。

うん、頑張ろう！

それと、この春に入学する学園で、友達百人なんて贅沢《ぜいたく》は言わないから、せめてぼっちになりませんように！　……と少し前までは思っていたのだけれど。

新年に開かれた王宮のパーティーで知り合った男爵令嬢のマリエル・メイヤーちゃんが、なんと同じ日本からの転生仲間だということが判明し、先日もお泊まり会をして親交を深めたところだ。

うふふ、初めてできた女友達が転生仲間って、すごくない？　しかもこの春からは同じ学園に通う同級生なのだ。ああ、春が待ち遠しい！　いやっふーい！

私はウキウキと軽い足取りで朝食をとるべく食堂へ向かった。

「クリステア、急ですまないが領地に戻ってもらうことになった」

「……えっ？」

朝食の席でお父様が突然そう言ったものだから、思わず聞き返してしまった。

だってまだお茶会とか色々予定が残っているから、少なくともあと一週間は王都にいる予定だったはずだ。お母様を見ると、こくりと頷いただけで何も言わない。

「昨夜、ティリエから至急相談したいことがあると連絡があったのだ。其方《そなた》も同席してほしいそうだ」

ティリエさんは、エリスフィード領にある冒険者ギルドのギルドマスターで、お父様の友人だ。

そのティリエさんの相談……私まで連れていくってことは、おそらく王都に来る前に作った燻製《くんせい》がらみなんだろうなぁ。

ああ、せっかく転生仲間を見つけたのに……しかも転生してから初の女友達だよ？

お茶会をしたり、お出かけしたりして、もっともっと仲良しになろうと考えていたところへこれだよ。はあ、残念だけど仕方ない……

「かしこまりました。すぐに支度いたしますわ」

「其方《そなた》の侍女には昨夜伝えておいた。すでにそのために動いているはずだ」

あ、そうなんだ。それで朝からなんだか屋敷の中が慌ただしい感じだったのね。じゃあ有能な侍女であるミリアにおまかせして、私は朝食を堪能するとしよう。


「どうせ春には学園に通うんだから、ずっとここにいたらいいのに……」

お兄様は、転移部屋へ向かう私の隣を歩きながら残念そうに言った。けれど、我が家の燻製《くんせい》工房で作り、領地の冒険者ギルドが専売することになったベーコンを始めとした燻製《くんせい》事業は、私のやらかしが発端なので放置するわけにいかないからね。

まあ、春に控えた学園入学の準備のために、遠からずこっちに戻るんだけど。

「お兄様、春までなんてあっという間ですわ。マリエルさんという友人もできたことですし、早めに戻りますから」

私は寂しそうなお兄様をなだめつつ、転移陣のある部屋へ向かった。

今回は急ぎということで、お父様から特別に転移陣の使用許可が下りた。お父様と私、真白と黒銀、そして私付きの侍女であるミリアが領地に戻る予定だ。

あ、輝夜はミリアが抱えているバスケットの中なのでご心配なく。

まだお茶会の予定が残っているお母様やその他随従《ずいじゅう》してきたシンたちは、後日馬車で領地に戻ることになっている。

馬車で戻るのには理由がある。行き同様、帰りの道中でも貴族の役割として途中の街にお金を落としていかなくてはならないからだ。

ティリエさんが呼んでくれなかったら、私も馬車に乗って帰る羽目になってたのよね。馬車だとめちゃくちゃ腰が痛くなるのに……マリエルちゃんと遊べないのは残念だけど、馬車に乗らないですむのは嬉しい。ありがとうティリエさん！

それに、我が家の転移陣を使うのは初めてなので密かに楽しみだったりする。

王都と領地の自室にマーキングをしてあるから、転移魔法を使って自力で行き来することは可能だけど、転移陣なんてこんな機会でもないと使わないから、ちょっとウキウキしてしまう。

「クリステア、領地に戻ったら大人しくしているのですよ？」

控えの間まで見送りに来てくれたお母様は、私が何かしでかさないかと心配の様子。

「大丈夫ですわ、お母様。ちゃんといい子にしてますわ」

にっこり笑っていいお返事をしたにもかかわらず、お母様は「どうだか……」とため息まじりだ。

……私って信用ないなぁ。過去のやらかしを思えば仕方ないのかもしれないけど。

「クリステア様、お忘れ物はございませんか？　気軽に取りに戻れる距離ではございませんからね」

「大丈夫よ、ミリア」

必要なものは、ミリアがまとめてくれた荷物と一緒に収納魔法のインベントリに収納済みだし、いざとなれば転移魔法があるのだから。

「では転移部屋へ参るぞ」

「はい」

お父様に促《うなが》され、転移陣が設置された部屋へ移動する。

ドアの前に、使用人の皆が見送りのためぎっしりと並んでいるのが見えた。

転移部屋には許可された者以外は入れないので、皆とはここでお別れだ。

……料理長がものすごい顔で泣いているように見えたのは気のせいだよね？

隣でシンがなだめているようにも見えたけど……戻ってきたら聞いてみよう。

遅くとも春には戻ってくるんだし、今生《こんじょう》の別れじゃないんだから泣かなくてもいいのにねぇ。

転移部屋に入ると、王宮にあったものより幾分大きな転移陣があった。

王宮では防犯上、人の移動を最小限にするために小さくしているのだが、我が家の転移陣は人や荷物を少ない回数で転移できるように大きくしているのだそう。

その代わり、魔力の消費量も多くなるから、魔力量の多い者や魔石の補助が必要なんだって。だろうねぇ……

「消費魔力については、私と其方《そなた》で問題なかろう」

お父様はそう言って私の手を取り、転移陣へ進む。その後に皆が陣の中に入る。それからお父様とミリアの荷物。私の分の荷物は全てインベントリに格納済みなのでほぼ手ぶらだ。インベントリって本当に便利。

「私の合図で同時に魔力を流すのだ、いいな？」

「ええ、わかりましたわ」

私はお父様を見てしっかり答える。

「うむ。皆、転移陣の中へ入ったな？　……では、行くぞ」

お父様が頷くと同時に、魔力を流し込む。すると転移陣がパアッと光り、私は眩しさに目を瞑《つぶ》った。


「……クリステア、着いたぞ」

お父様の声でそっと目を開けると、先程までいた転移部屋とは明らかに異なる場所にいた。

「……領地に着いたのですね？」

「ああ。荷物を置いたらひとまず休憩しよう。じきにティリエが来るはずだ」

お父様はそう言うと、転移部屋から出ていった。

「……本当に領地の館に着きましたね。お城で転移した時も驚きましたが、あっという間にあれだけの距離を移動してしまうものなのですね……」

呆然としているミリア。そうか、ミリアは転移を体験するのはこれで二度目とはいえ、前は王城の中を移動しただけだったもんね。こんな長距離をあっさり移動してしまったなんて、俄《にわ》かには信じ難《がた》くて呆然としちゃうだろうな。転移に慣れた私だって、あまりの呆気なさにびっくりだよ。

こんなに簡単に長距離移動できるのなら、馬車なんかに乗らなくてもいいじゃないの……と恨めしく思うけれど、各地域にお金を落とすという貴族の義務《ノブレスオブリージュ》を思い出し、ため息を吐いた。

「くりすてあ、へやにもどろ？」

「そうだな。少し休むといい」

入学時の馬車移動を考えて遠い目をしていた私に、真白と黒銀が気遣うように声をかけてくれた。

「ええ、ありがとう。でもあまり魔力を使わなかったように思うのだけど……もしかして手伝ってくれたの？」

人数も荷物も多かったのに、今の私は特に魔力を使いすぎたとは感じていない。

むしろ「え？　こんなもんでいいの？」程度しか流していない気がする。だから、私に触れていた黒銀たちが手伝ってくれたのではないかと思ったのだ。

「ああ。主《あるじ》の魔力を、転移陣に流すなどもったいないであろう？　ならば我が代わりとなり、その時使う予定だった分の主《あるじ》の魔力を我が受け取れば無駄がない」

「だよね」

……要は美味しい魔力を転移陣なんかに使うくらいなら自分が代わりに流すからその分ちょうだいってこと？

「なんにせよ助かったわ。このあとティリエさんとも会うことになっているし、魔力不足でフラフラしていたら大変だったかもしれないもの。お礼に、あとでブラッシングしてあげるわね」

「うむ」

「たのしみ」

そうして私は上機嫌な二人とミリア、そしてバスケットから抜け出した輝夜とともに自室へ向かった。


「うーん、いいわぁ。やっぱり我が家がいちばんね！」

自室へ戻り、インベントリから荷物を取り出してミリアに片付けを頼むと、大きく伸びをする。

王都の館も一応我が家だけど、長年住み慣れた領地の館が断然落ち着くわね。

『我は主《あるじ》と共にいられるのであれば、どこでも構わんがな』

『おれも。くりすてあといっしょならどこでもいいよ？』

聖獣の姿に戻った二人が嬉しいことを言ってくれる。

『アタシは美味《うま》いモンが食えるんなら付いていってやってもいいけどねぇ』

窓際で顔を洗いながら答える輝夜。元は黒豹のような姿の魔獣だった彼女は、すっかり黒猫の姿と家猫暮らしに馴染《なじ》んでいる。

ミリアによると、私の飼い猫として周知された輝夜は、王都の屋敷でも自由気ままに過ごし、使用人たちに強請《ねだ》ってはおやつをせしめていたらしい。

……あまり見かけないと思ってたらそんなことしてたのか。

「ねぇ輝夜？　貴女、最近丸くなってきたんじゃない？　その、体型が……」

人と生活するようになってすっかり野性を失ってしまった輝夜は、性格も丸くなったようで、それはいいことなんだけど……身体まで丸くなる必要はないんだからね？

『ンなッ⁉　何言ってんだい！　あああアタシは太っちゃいないよ⁉　これは、そ、そう！　冬毛だからさッ！』

ビクッと身体を震わせ、慌てて居住まいを正した輝夜のシルエットは、明らかに以前よりふくよかになっている。どう見ても冬毛だけのせいじゃないと思う。

我が家の使用人たちはそれなりにいい家柄の子女もいるので、おやつとともにちゃっかり魔力をいただいているのではないだろうか。毛並みにしたって、ミリアや私による日々のブラッシングを差し引いてもツヤツヤだ。

まあ、出会った当初は飢えてガリガリだった輝夜が、今や誰かを傷つけることなく美味しいものを食べて穏やかに暮らしているというのはいいことなんだけど。

このままだと人型になった時が心配だよね……

『いや、おぬし明らかに肥《こ》えておるぞ』

『かぐや、おでぶ』

あっ……容赦ない追撃が。

『うるさいうるさーい！　アンタたちだって、美味《うま》いモンばっか食ってんだからアタシのこと言ってる場合じゃないだろ⁉』

『おれは、せいちょうきだから、もんだいない』

『我は主《あるじ》を守る使命がある故、常に鍛錬を怠《おこた》らぬ。定期的に狩りもしておるしな。よって太ることなどない』

『おれもー』

『うぐ……』

そうだね。黒銀と真白は人の姿でも私を守れるように、護衛の訓練にたまに参加している。黒銀の場合、むしろ稽古をつけてあげているような状態だそうだけど。

真白にしても剣技はまだまだとはいえ、見た目に似合わぬ力業《ちからわざ》で皆を投げ飛ばしたりしているらしい。

そういう経緯があって、二人は私の護衛として申し分ないどころか、二人さえ付いていればお出かけしてもいいとお許しを貰えたのだから本当に棚ボタだったわ。

二人を連れてきてくれた神獣の白虎《びゃっこ》様にはありがたいの一言に尽きるけど、感謝の意を伝えるとドヤ顔で謝礼という名のごはんを要求されそうなので、黙っておこう。

そうそう、白虎様の契約者であるセイに領地へ戻ったことを知らせないとね。

それはさておき。それなりに運動している黒銀や真白と違って、のんびりまったりと過ごしている輝夜。

今まで生きてきた中で一番穏やかで幸せな時なんだろうけど、このままにしておくわけにはいかない。

「輝夜、明日から痩《や》せるために頑張ろうね？」

『……は？　え？　……まさか』

「しばらく輝夜はおやつ禁止！　……とまではいかないにしても、控えめにするからね。それと、使用人の皆にもおねだり禁止。その旨通達しとくから」

『ちょっ！　そりゃないだろ!?』

ギニャー！　と抗議する輝夜を放置し、ヘルシーおやつとして何を作ろうかと思案するのだった。

べ、別に私も王都で食べすぎて太ったからとかじゃないからねっ！

私も成長期なんだからっ！


お父様に呼ばれて応接間《サロン》でのんびりとお茶をいただいていると、ティリエさんがやってきた。

「クリステアちゃあぁぁん、おかえりなさあぁい！」

メイドに案内されて部屋に入ってくるなり、ティリエさんは私に抱きつこうと駆け寄ってくる。

けれど、私の前に立ちはだかった人型の黒銀が寸前で阻み、勢いがついていたティリエさんはそのまま黒銀に抱きついてしまった。あ、危なかった。

「ああん、意地悪ぅ！　……でもまあ、これはこれで役得ね、うふふふ」

エルフにしてオネェなティリエさんは抗議しつつも、しっかり黒銀を撫でまわしている。

……実はそれが狙いだったんじゃあるまいな？　あやしい……

「主《あるじ》に気安く触れるのは許さん。もちろん我にもだ」

黒銀は不快そうな顔を隠さず、ティリエさんをペイッと放った。

「あん、もう！　残念」

……ティリエさん、乙女座りでしなを作るのはどうかと思うの。

「おいティリエ、お前が用があると言うからわざわざ戻ってきたのだぞ？　くだらない真似をするだけなら帰れ！」

お父様はティリエさんが私を抱きしめようとしたせいで、すっかり不機嫌になっている。ビシッと扉を指して帰るよう促《うなが》した。

「やあねぇ、ちょっとした挨拶じゃないの。余裕のない男は嫌われちゃうわよぉ？」

「お前に好かれたいとは思わん！　もういい、帰れ！」

きゃらきゃらと笑うティリエさんを、お父様はこめかみに青筋を浮かべ睨みつけた。

「んもう、わかったわよ」

ティリエさんはブツブツと文句を言いながらソファに座り、メイドが淹《い》れてくれた紅茶を取り、香りを楽しんでから口に含んだ。

「はあ、美味しい。……あのね、早速本題に入るのだけれど、ベーコンの件でちょっとお願いがあるのよ」

うん、ですよね。ティリエさんの急用っていったらベーコンのことしか思いつかない。

「ベーコンがどうした。すでに冒険者ギルドで販売しているのではなかったのか？」

そうよね、確か私たちが王都へ行く前に焼き印だの燻製《くんせい》小屋の増築だの、準備が整っていたし、燻製《くんせい》作りについても既に職人の指導が終わっていた。当然、私たちが領地に戻るのを待たずに稼働しているはずよね。

「ええ。それで、クリステアちゃんから聞いてた試食っていうの？　あれを兼ねてギルド内の酒場で出してみたんだけど、これがすごい反響で……瞬《また》く間に売れてしまったのよねぇ」

「えっ」

「焼くだけでも美味しいし、野菜炒めやポトフなんかもクリステアちゃんからもらったレシピで出してみたら大好評で、近くで営業してる酒場の店主もベーコンを使ってみたいって買いにくるしで……一日一人ひとつまでって制限をつけても、毎日朝のうちに売り切れちゃう始末なのよ」

ひええ……そこまで食いつかれるとは。

「それでね、はじめは公爵家の使用人がギルドまで届けてくれていたんだけど、道中襲撃されでもしたら危ないってことで、最近ではうちの職員が加工用のオーク肉を納品するついでに引き取りに行ってるの」

なんと。そんなことになっていたとは。

「あまりにも品薄状態が続くから、もう少し納品数を増やしてほしいんだけど……ダメかしら？」

「ええと、職人たちは今作る分で手一杯なんですよね」

職人の手間と燻製《くんせい》小屋のキャパシティを考えても増産は無理があると思うんだ。

……あれ、ちょっと待って。毎日って……まさか、職人たちは休みなしで働いてるんじゃないよね？　前世で言うところのブラック企業じゃあるまいし、そんな無茶な働かせ方は許しませんぞ！

「お父様、職人の皆はちゃんとお休みを取れていますか？　まさか休みなしで働かせているなんてことは……」

慌ててお父様に確認する。

「ああ、それについては問題ない。今のところ料理人たちが下ごしらえを手伝ったりして上手く回しているようだ」

ホッ。良かった。でもこのままの状態じゃ納品数を増やすなんて無理があるよねぇ？

「ティリエさん、数を増やそうにも職人を確保しないことには……」

「わかってるわ。だから相談しに来たの。人を増やすなら雇ってほしい子がいるのよ」

ティリエさんはウィンクしながら言う。

「雇ってほしい子……？」

ティリエさん直々の推薦なんて、どんな人だろう？　料理人かな？

「どこかで料理の修業をなさっていた方ですか？」

「あら、いいえ。そうじゃないの。料理人じゃなくて、ちょっとワケありの子なのよねぇ」

困ったように笑うティリエさん。

……ワケありとは穏やかじゃないね？

「おい、ティリエ。言っておくが、我が公爵家では紹介状もない得体の知れん者は雇わんからな」

基本的に、貴族の館で働く使用人は身元がしっかりしていて、かつ信頼できる人からの紹介状がある人しか雇わない。

さらに雇う際は守秘義務についての魔法契約を交わすのが普通だ。貴族は腹の探り合いが多いからね。他の貴族に弱味を握られるわけにはいかないのだ。

まあシンという特例はいるけれど、それは私の必殺泣き落としと熱意ある説得の賜物《たまもの》だ。普通ならそういうことはしない。あの時はシンが日本によく似たヤハトゥールの食に関する唯一の手がかりだったから、そりゃもう必死だったなぁ……

「わかってるわよ。身元の保証と紹介状はワタシが責任持つわ」

……ってことは、ティリエさんの身内なのかな？　まさかエルフさん？

「紹介したいのは、獣人族の子なのよ」

「えっ!?　獣人!?」

獣人がこの世界にいることは知っていた。

だけど、ここドリスタン王国にはあまりいないと聞いていたし、街でも見かけなかったから、まさかここで獣人族が出てくるとは思わなかった。

「ええ。元々はとあるパーティーに所属していた冒険者だったんだけど、商隊の護衛任務中に怪我を負ってしまってね。どうにかこの街までたどり着いたものの、怪我が治っても元のように動くのは難しかったみたいで。斥候役《せっこうやく》なのに動けない役立たずはいらないって、うちのギルドに着くなりパーティーをクビになって置いていかれちゃったのよ」

「そんな、ひどい！」

なにそれ、仲間なのに役に立たないから置いていっちゃうなんて！

「でしょう？　幸い、手切れ金代わりに成功報酬はきちんともらったらしいから、しばらくはギルドが運営している冒険者用の宿に格安で泊めて、ギルドの下働きをしてもらってたんだけど……」

「ならば、そのままギルドで雇えば良いではないか」

お父様、冷たい！　正論かもしれないけど！

「そうは言うけど、獣人族なんてここらじゃ滅多に見ないでしょう？　各地を転々とする冒険者たちは慣れっこだけど、街の連中が怖がっちゃって……」

ほう、とティリエさんはため息を吐く。

なるほど、近隣の住民の方々から苦情が入ったってことか。

「そんなに恐ろしい風貌なのですか？」

確かに、熊のように恐ろしい外見だったら怖くて近寄れないかもしれない。

「そんなことないのよ。銀狼族と人族とのハーフらしくて、怪我の跡はあるけど、人の姿に耳と尻尾が付いたくらいの違いしかないもの。それでも皆怖がるのよねぇ」

「えっ！　……あ、そ、そうなのですか」

なんだってーッ!?　ケモ耳キターー!?

しかも銀狼族って、オオカミさん？　ひゃー！　マジかぁ、かっこいい！

私は興奮を隠しつつ、話の続きを促《うなが》した。

「本人も気にしてるからどうにかできないかしらって思ってたんだけど、この間、酒場でベーコン料理を試食したら、彼がその味にものすごく感動しちゃって。『ベーコン職人になりたい！』とか言い出しちゃったのよね」

「は？」

「ここなら人目にもつかないし、職人不足も解消できるしで、ちょうどいいから雇ってもらえないかなぁ、って思ったの」

……ティリエさん。エヘッ？　ってウィンクしながら言ってもお父様には通用しませんよ？

「くだらん。ベーコン料理が気に入ったのならギルドの酒場で雇えばいい」

ギロッとティリエさんを睨みながら答えるお父様。うーむ、取りつく島もない。

「そうは言うけど、ギルドの酒場には街の人だって来るのよ。それじゃ根本的な解決にならないじゃない！　ねえお願いよ。真面目な性格で、骨惜しみなく働くいい子なの。きっと役に立つから！」

お願い！　と必死に頼み込むティリエさんは、面倒見がいいんだろう。シンも、冒険者だったお母様が亡くなった時になにかと面倒を見てもらったって言ってたし。オネェで男癖悪そうだけど、こういうところがあるから慕《した》われてるんだろうな。

うん、ここは私もひと肌ぬぐとしますか。

「お父様、とりあえずその方と会ってお話ししてみるのはいかがでしょう？」

「む、しかし……」

「獣人族の方は総じて身体能力や体力がずば抜けていると聞いています。そのうえ真面目とあらば、燻製《くんせい》の生産量を上げるにはうってつけなのではないでしょうか。実際にお会いして、人となりを見てから決めるのでも遅くはないのでは？」

まあ、私が会ってみたいからっていうのが一番の理由なんだけど。

だって、ケモ耳だよ？　オオカミさんだよ？　我が家には黒銀がいるけれど「そんな半端な姿になどなる意味がない」って、ケモ耳姿にはなってくれないんだよね……残念！

ふふ。マリエルちゃんが知ったら「ちょっ、マジですか⁉　うっわ、今からそっちへ行くわ！」と鼻息荒く飛んできそうだわね。

「……良かろう。娘の顔を立てて、会うだけは会ってやる。雇うかは保証しないがな」

「十分よ！　ありがとう！」

ティリエさんは嬉しそうに礼を言い、私が用意したお菓子をしっかり平らげたあと、見送りは不要と、忙《せわ》しなく帰っていった。ちなみにティリエさんの手にはお土産《みやげ》のお菓子がしっかりと抱えられていた……

「まったく、騒々《そうぞう》しいやつだ。クリステア、今回は其方《そなた》の願いだから面接だけは許可したが、雇うかは別問題だぞ」

お父様はそう言い、眉間にシワを寄せてふぅとため息を吐く。

まあね、シンの時も相当粘ってようやく雇ってもらったんだもの。ティリエさんが紹介者として責任を持つとはいっても、お父様の立場上、そうホイホイと雇うわけにはいかないのだろう。

そもそも我が家に勤めているというのは、ある種のステータスらしく、人気の職場なんだって。

前世でいうところのお見合いの釣書《つりがき》に書けば箔《はく》がつくとか、そういうのかな？

当然その分、シビアな審査がされるわけで。その難関を突破して雇われた人のことを考えたら、気軽に「雇ってほしいな！」「うん、いいよ！」ってなわけにはいかないだろうからね。

「承知しておりますわ。けれど、燻製《くんせい》工房の人手が足りないのも事実ですもの。人助けにもなりますから、もしいい人材であれば雇えば良いのではないでしょうか？」

「其方《そなた》はそう言うがな、奴が連れてくる人物だぞ？」

ロクでもないのを連れてくるに違いない、とお父様はしかめつらでさらに深いため息を吐く。

そうかなぁ、いくらティリエさんの面倒見がいいとはいえ、そんな変な人を我が家に連れてくることはないと思うんだけどな。

獣人であることや怪我を負って以前のように動けないことなど、不利な点もきちんと話した上で推薦するんだから、大丈夫なんじゃない？

「主《あるじ》、銀狼族と言っておったな。銀狼族は主人と決めた者には恐ろしく忠実で、勤勉だ。冒険者をしておったのなら、そやつは主人を持たぬはぐれだろう。主人を持たず、人柄に問題がなければ雇っても良いだろう」

あら、黒銀が他人を受け入れるなんて珍しい。

「黒銀は銀狼族のことを知ってるの？」

「うむ。森の奥深くに集落を作り、狩りを行《おこな》って生きている狩猟の民だ。群れの中で強く、思慮深く、統率力のある者が長《おさ》となり、その結束は強固だ」

へえ～まんま狼の群れのスタイルなんだね。

「私も銀狼族については知っている。冒険者としてやっていけなくなった経緯については気の毒だと思うが、冒険者とはそういうリスクがあるものだ。いちいち同情するわけにはいかぬ。とにかくティリエのことだ、明日にでも連れてくるだろうから其方《そなた》があれこれと考える必要はない」

そう言ってお父様は席を立つと、執務室へ向かったのだった。

『くりすてあ、そのじゅうじんをやとうつもりなの？』

もそもそと膝の上に乗ろうとする真白を抱き上げ、もふもふを堪能する。

「さあ、どうなるかしらね。燻製《くんせい》工房の経営についてはお父様におまかせしているのだし……実際に会って人となりを見て、工房の役に立つ人物だと思ったらお父様を説得しようかな、とは考えているけれど」

『そっか。くりすてあのそばにいるんじゃなけりゃいいや。くりすてあ、うわきしないでね？』

「う、浮気って……」

本当にもう、真白ったら、どこでそんな言葉を覚えてくるの？

翌日、お父様の言葉どおりティリエさんが自《みずか》ら獣人さんを連れ、オーク肉の納品をしに我が家へやってきた。

「まさかこんなに朝早くにやってくるとは……」

先触れを出して面会予約《アポイントメント》をとってから訪問するのが礼儀だろうと、お父様はブツブツ不満を漏らすものの、会うだけは会ってやると言ってしまった手前、断ることもできない。さっさと済ませてしまおうと、私と黒銀、そして真白を伴って応接間《サロン》へ向かった。

「早い時間にごめんなさいねぇ、善は急げと思って」

うふふと悪びれもせず謝罪するティリエさんの後ろに、噂の獣人さんが立っていた。

ティリエさんよりも頭ひとつ背が高く、鍛え上げられた身体はしなやかで、細身ながらもしっかりと筋肉がついており、まさに獣を思わせた。

強面《こわもて》の顔には魔物にやられたのか、額から左ほおにかけて傷あとがある。どうやら目も傷ついているようだ。

なるほど、確かに銀狼族で鼻がきくとはいえ、視界が狭まれば斥候役《せっこうやく》は厳しいだろう。

無事なほうの瞳を見ると、深い青色をしていた。銀狼族の名に相応《ふさわ》しく、サラサラとした髪の色は銀、そして、そして……！

耳！　本物のケモ耳！　それにフサフサ尻尾！　どちらも髪の色と同じく銀色だ！

さ、触ってみたい……！

「彼が昨日話した獣人の……きゃっ！」

ティリエさんが私たちに紹介しようとした途端、獣人さんが平伏した。

えっ⁉　なんでいきなり土下座⁉

# 第二章　転生令嬢は、動揺する。

うわぁお……前世でも時代劇とかドラマとかでしか見たことなかったんだけど……生《ライブ》で見る機会なんてなかなかないよね、土下座って。

「ちょ、ちょっとアッシュ！　貴方さっきから様子がおかしいわよ!?　ほら、立って！」

ティリエさんが慌てて獣人さんを立ち上がらせようとするけれど、彼は額を床に擦り付けんばかりに下げたまま、ビクともしない。

えっと、これはどうしたらいいのかな……？

「銀狼の民よ、面《おもて》を上げるがいい。主《あるじ》が困っておるではないか」

後ろに控えていた人型の黒銀がそう呼びかけると、獣人さんはビクッと身体を震わせて、おずおずと頭を上げた。

んん？　黒銀の知り合い？

「あ……貴方様は、フェンリル様でございますよね？　いえ、その気配と佇《たたず》まい、疑いようがございません！」

「だったらどうした？」

「……ッ！　お目にかかれて光栄です！　我ら銀狼族は貴方様の忠実なる僕《しもべ》ですッ！」

ははーっ！　と再び平伏する獣人さん。

「ええと……黒銀？　貴方、彼と知り合いなの？」

「知らん。銀狼族は何故か我を神聖視しておるので、そのせいだろう」

「知り合いなど恐れ多いことでございます！　その昔、我が祖先は今は亡きとある国で虐《しいた》げられておりました。それを憂《うれ》いたフェンリル様に助けていただいたと伝わっております！　フェンリル様のおかげで、今の銀狼族があるのだ、一族の者は貴方様に忠誠を誓うべしと教えられて育ったのです！」

ガバッと身体を起こすとキラキラとした瞳で熱く語る獣人さん。フェンリルが過去に銀狼族を助けたことがあって、その恩義を今も感じて忠誠を誓ってる？　今は亡きとある国って、国が亡くなったのはまさか、そのフェンリル……黒銀が原因、じゃないよね？

ちらっと黒銀を見ると視線を逸らした。怪しい……

「こいつ、あつくるしいね？」

こらこら、真白さん、そんなこと言ったらダメでしょ？　しかも、指さしちゃダメ。

……私もちょっと思ったけど。

「確かにな。銀狼の民よ、主《あるじ》を困らせるな。早く立つがいい」

「あるじ？　……フェンリル様が契約なさったと!?　いったいどなたと？」

「おぬしの目の前におわすこのお方だ」

ちょ、黒銀!?　ズイッと私を押し出すのはやめて！

「お嬢様が、フェンリル様の……！」

目を見張り、またもや平伏する獣人さん。うーん、これじゃ埒《らち》が明かないじゃないの。

「あの、とりあえず立ってくださいな。このままじゃ話もできませんから」

「は、しかし……」

「いいから、早く立つ！」

「は、はいぃっ！」

業を煮やして思わず大きな声で言い放つと、獣人さんは即座に直立不動の姿勢になった。それでも目線はそわそわと落ち着かない。

「やだもう……ごめんなさいね、クリステアちゃん。普段は大人しくて真面目ないい子なのよ？」

ティリエさんは、困りきった様子で謝罪した。

……うん、真面目すぎるほど真面目なのはよくわかりました。

「ティリエ、この様子では雇っても仕事にならぬのではないか？」

お父様は、黒銀を前にして落ち着かない様子の獣人さんを見て、使いものにならないと判断した様子。これはいかん、初っ端からマイナスポイントじゃないか。

「お父様、黒銀と銀狼族の関係を考えれば、彼が動揺するのも無理はないと思いますわ」

だってさぁ、崇拝の対象がまさに目の前に現れたんだよ？　動揺もするし、拝《おが》みたくもなるよねぇ。土下座はびっくりだけど、五体投地じゃなかっただけマシかもしれない。

マリエルちゃんなら「推しが目の前に現れたら、その尊さにそりゃ拝《おが》むでしょ！」と言っているとこだよね。

「しかし、黒銀様を見たからといってたびたび平伏していたのでは仕事にならんだろう」

それは確かに。何より口にするものを作る仕事なんだから、土下座なんかされたら衛生面でダメだよね。

でも、この忠誠心があれば技術の漏洩《ろうえい》なんてしないだろうし、私としては雇ってあげたいんだけどなぁ……

「まあ、そう言わないであげてちょうだい。この子……アッシュというのだけど、ここで働けるかもしれないって楽しみにしていたのよ？　それなのに、屋敷の門をくぐってからずっとそわそわして落ち着きがないと思ったら……黒銀様がいたせいだったのねぇ」

ティリエさんは納得したように獣人さんことアッシュさんを見た。

「す、すいません……」

アッシュさんは大きな身体を縮こまらせてぺこりと謝る。

獣人の本能で館内にいる黒銀の魔力を感じとったとか、そういうことなのかな？

「そういう事情でしたら仕方ないと思いますわ。お父様もいじわるしないでくださいな」

「いじわるなどしていない。事実を述べたまでだ」

お父様ったら、ムスッとして機嫌が悪そうだ。

「確かにお父様のおっしゃるように、黒銀に会うたびに平伏していたのでは仕事にならないわ。床に手をつくなんて、食べものを扱う仕事なのだからもってのほかよ。今後黒銀を見て平伏するのは我慢できるかしら？」

「えっ？　あ、あの……はい。頑張ります」

自信なさげに答えるアッシュさん。うーむ、心配だなあ。

「黒銀もそれでいいわよね？」

「ふん。そもそも我がそうしろと言ったわけではないのだから、いいも悪いもない。主《あるじ》を困らせているのなら、むしろただの迷惑だな」

ちょ、ちょっと黒銀！　少しはオブラートに包もうよ！　アッシュさんがショックを受けて固まってるじゃないの。

「と、ともかく！　そんなことしなくてもいいと本人も言ってることだし！　大丈夫よね？　ね？」

「は、はい……」

うわぁ……アッシュさん、黒銀の不興を買ったのではないかと不安そうだよ……もふもふのお耳や尻尾がいかにもしょんぼりとしてかわいそうになってきた。

仕方ない、フォローしますか。

「ねえ黒銀、貴方の頼みなら彼は一所懸命働いてくれると思うわ。それに冒険者をしていたくらいだもの、燻製《くんせい》工房を不審者からしっかりと守ってくれるのではないかしら？」

「……まあ、そうかもしれぬな」

「銀狼族がこれだけ感謝しているということは、ある意味、黒銀の眷属《けんぞく》みたいなものだもの。そんな方が工房を守ってくれるなら、私も安心して学園に行けるわ」

「うむ。主《あるじ》はこのように仰せだ、おぬしは我に構わず職務に邁進《まいしん》するがよい」

「はっはいっ!! 頑張ります!!」

黒銀、ちょろいです。

「待て。雇うかどうか決めるのは私だ」

ぐっ、まだお父様が残ってたか。

「真面目に働いて、さらに用心棒にもなる……またとない逸材ではないですか」

「そうかもしれぬが……」

チラリとアッシュさんを見て渋面を作るお父様。一体何が不満だと言うのだ。

「燻製《くんせい》……ベーコンを事業にすると決めたのはお父様ですわ。生産量を上げなくてはならない現状で、彼の存在は渡りに船なのですから雇わない手はありません」

「それはそうだが……まあ、よかろう。試用期間を設けるが、一応採用ということにしてやろう」

お？ 結構あっさりと折れてくれた。よかったー！

「ただし、クリステア。雇うにあたって其方《そなた》に条件がある」

「え？ は、はい。何でしょう？」

なぜ私に？ アッシュさんじゃなくて？

「其方《そなた》はこの銀狼族の……アッシュといったか、この者に対してみだりに触れることのないように」

「え？」

触るなって、どういうこと？

「其方《そなた》のことだ、耳や尻尾に触れようと思っておっただろう？」

「うっ！」

図星だ。……なぜわかったのですか、お父様。

……いや、あれだけ毎日真白や黒銀をもふもふしているんだから当然か。

「えっ！　お、俺の耳や尻尾をですか⁉」

アッシュさんは焦ったようにズザザッと後退《あとずさ》りした。

尻尾を押さえながら顔を真っ赤にして……ん？

「あの、触ってはいけないんですか？」

せっかくのもふもふケモ耳&尻尾だ。堪能する気満々だったのだけど。

「やはりな……クリステア、獣人の耳や尻尾などに触れるのは家族や恋人だけだ。それ以外の者が触れる場合は求愛行動と受け止められる」

「ふぇっ⁉　きゅ、求愛⁉」

「そうねぇ、触れ方によっては性的なお誘いと誤解されちゃうわね」

「せせせ性的⁉」

「くりすてあ、やっぱり、うわきするつもりだったの？」

「ちょっ！　真白⁉」

浮気ってそういう意味だったの⁉

「主《あるじ》……そういうことであれば我はこやつを雇うのを承服しかねるぞ？」

「フェ、フェンリル様ッ！　そんなっ！」

黒銀の発言にショックを受けるアッシュさん。

「ちょ、ち、ちが、違あああぁう！」

そんなの、知らなかったよーっ！

必死に弁解したけれど、皆の誤解をとくのは大変だったよ……ティリエさんだけはニヤニヤとこちらを見ていたので確信犯とみた。ぐぬぬ。

何はともあれ、アッシュさんの雇用は無事（？）決まったのでよしとしよう……うう。

「え、ええと。そうだわ、お二人はもう朝食を食べられました？　よろしかったら何か召し上がっていきません？」

二人とも朝早かったみたいだし、まだなんじゃないかな？

「クリステア、こいつらにそんな……」

「本当ぉ？　嬉しい！　ごちそうになるわ！」

「えっ、あの、え？」

お父様が止めようとしたけれど、ティリエさんがそれを遮《さえぎ》るように返事をした。うーん、さすがちゃっかりオネェルフ。アッシュさんは展開についていけずに戸惑っている。

「じゃあ、せっかくですからベーコンを使いましょうか」

「っ！」

ベーコンと聞いた途端にアッシュさんは耳をピーン！　と立て、私を見つめる。

ひえっ、すごい眼力！

私がひるむと、ティリエさんがそれを察してアッシュさんの腕をポンと軽く叩いた。

「んもう、雇い主を怖がらせてどうすんのよ。落ち着きなさいな」

「……あ、す、すいません……」

「おいティリエ、雇い主は私だぞ。クリステア……本当に大丈夫なのか？」

お父様が不安そうに私を見る。実は私もちょっと不安です……とは言えない。

私は曖昧《あいまい》に微笑んだまま、メイドにベーコンエッグとサラダとパンを持ってくるように頼んだ。

私が作ってもいいんだけど、インベントリから材料だの道具だのを取り出して料理をし始める貴族令嬢ってちょっといないからね……いや、今更かもしれないけど。

「お待たせいたしました」

メイドが熱々のベーコンエッグをワゴンにのせて応接間《サロン》に入ってくる。ちなみにアッシュさんは、メイドが入ってくる前から尻尾を振り振りして期待たっぷりに待っていた。

「さあ、熱いうちにどうぞ。別々に食べても、こんな風にパンに挟んで食べても美味しいですから、自由に食べてくださいね」

ナイフとフォークも用意したけれど、アッシュさんが気をつかうかもしれないと思った私はパパッとベーコンエッグサンドを作って見せ、パクリとかぶりついた。

んんー、熱々のベーコンエッグにシャキシャキのレタス、マヨネーズがそれらを上手くまとめてくれていて美味し～い！　お父様と黒銀、真白も私の真似をして食べ始めた。

「ふふーん♪　ワタシも真似しちゃお」

ティリエさんも同じようにして食べ始めると、アッシュさんは周囲を窺《うかが》いつつ、「じゃ、じゃあ自分も……」とサンドにしてかぶりついた。

「……ッ！」

ベーコンエッグサンドを口にした瞬間、アッシュさんの耳と尻尾がプルプルと打ち震える。見て飽きないわぁ……

「どう？　アッシュ。このベーコンも、マヨネーズもクリステアちゃん考案のレシピなのよぉ？美味しいでしょう？」

ティリエさんがそう言うと、アッシュさんはベーコンエッグサンドを呑み込んでバッとこちらを見た。ひえっ⁉

「これを……お嬢様が？」

「え、ええ」

「一生ついていきます！」

アッシュさんはそう言うと、またしても土下座した。ええええええ⁉

「アッシュったらもう、仕方ない子ねぇ」

いやいや、ティリエさん、苦笑いですませるのやめてくださいません⁉

「……主《あるじ》、我はこれ以上、主人を共有する気はないぞ？」

「くりすてあ、こいつしまつしてもいいかな？」

「ヒッ！」

黒銀と真白が威圧するので、アッシュさんは尻尾を脚の間に挟んで固まってしまった。

「だ、ダメー！　アッシュさん、誤解を招く発言をしないように！　とにかく立って！」

「は、ははははいぃー！」

アッシュさんはシュバッと立ち上がり、直立不動となる。

「ふん、おぬしは身の程をわきまえよ」

「……いのちびろいしたね？」

「すすすみませんでした……」

大きいはずのアッシュさんが気の毒なくらい小さくなっていた。尻尾と耳も怯えるように下がっている。

獣人さんって、耳と尻尾で感情がモロバレなんだね。うう、触れないのが本当に残念。

未練がましくアッシュさんを眺めていると、視線を感じたのか、彼は尻尾を隠すようにしながらそそそ……とティリエさんの陰に隠れてしまった。

そして帰り際も、微妙にアッシュさんに距離を取られてしまい、地味～にダメージが……

……セクハラ令嬢と思われていそうで辛い。

その後の話し合いで、アッシュさんは我が家の使用人の住居スペースに移り住む運びとなった。

そのため、使用人たちには彼が銀狼族という獣人であること、危険はないのでむやみに避けたり、差別したりしないこと、などをあらかじめ通達しておいた。

特に「耳や尻尾にみだりに触るべからず」と厳命するのは忘れない。獣人の少ないドリスタン王国では、その行為が性的なお誘いになるなんて皆思いもよらないだろうからね。私も知らなかったし、情報共有は大事よね！

「あの、クリステア様……獣人じゃなくてもいきなり耳や尻尾……ええと、その……か、下半身に触れるなんてことはしないと思うのですが」

「……そ、そうかもね。でも、ほら念のために注意喚起をね？」

赤くなったミリアから、もっともなツッコミをいただいてしまったよ……そうだよね、普通に考えたら、とんだセクハラ行為じゃないか。

もふもふに目が眩《くら》んで危うくとんでもないことをするところだったよ。

でも、冬毛だからなのか尻尾がもっふもふだったんだもの……もふもふ好きとしては堪能したくなるのは仕方ないよね⁉　ね？

駄目だとわかっていても、目の前であのもふもふ尻尾がゆらゆらしていたら、うっかりもふハラしてしまいそうで恐ろしい。

そんなもふ欲を昇華すべく、私は真白たちのブラッシングタイムを強化することにしたのだった。

そうこうしているうちに、お母様やシンたち後続組が馬車で領地に帰ってきた。

王都から我がエリスフィード家の領地までは、馬車で二日弱の距離だ。その間、延々と馬車に揺られ続けるのはやはりしんどいらしく、皆お疲れ気味だった。

そのうえシンは、館に到着するなり運悪く待ち構えていた料理長に捕まってしまい、王都で作った新作レシピについてあれこれと質問責めにあっている模様。

実は私も領地に戻って以降、料理長の熱い視線を感じていたのだけど、捕まったが最後、簡単に放してもらえないという経験則から、気づかないふりをしていた。

ほら、私も王都の料理長の相手でちょっとお疲れ気味だったから仕方ないよね？

それにレシピを持ち帰ったのはシンなんだし……ね？

……シン、ごめん。健闘を祈る。


「なかなか濃い年明けだったようだのう？」

私が戻ったことを知ったセイが、久々に市松人形のような着物姿……いちまさんスタイルで我が家にやってきた。

前世の日本に似た文化を持つヤハトゥールの食材や工芸品、美術品を扱うバステア商会に居候《いそうろう》しているセイは、大体いつもいちまさんスタイルでいるけれど、それは仮の姿。本当は少年である彼は、事情があって今は女装……もとい、変装しているのだ。

セイが手土産《てみやげ》にバステア商会で年末についたというお餅を乾燥させたものを持ってきてくれたので、お持たせのそれを焼き、餡《あん》を添えて出してみた。

「おお、すまぬな」

セイは箸を使って器用に餡《あん》をお餅で包み、嬉しそうに食べはじめた。

「王都は色々と楽しかったけど、社交界ってのが厄介だったのよねぇ」

私も久々のお餅を堪能する。ああ、美味しい……ただ、甘い餡《あん》のあとはしょっぱいものが欲しくなるのよねぇ。

「そうか、クリステア嬢は城へ行ったのだったな」

「そうよー。学園入学前に交流を深めるとかいう名目でね。社交界デビューはまだ先だけれど、徐々に慣れさせる目的もあるみたいね」

ふむ、二個目のお餅は砂糖醤油《じょうゆ》でいってみるか。

セイも食べたそうにしていたので同じものを渡す。

「お嬢、俺にも同じのくれ！」

「白虎様にはさっきお餅を三つもあげたではありませんか。まだ食べるんですか？」

「甘いの食べたらしょっぱいの食べたくなるだろぉ？」

ぐっ、私と同じこと言ってる……

仕方がないので同じものを四神獣の皆様――白虎様、朱雀《すざく》様、青龍《せいりゅう》様、玄武《げんぶ》様に……催促がすごいので二個ずつ渡す。

「ウチの大食漢どもがすまぬの。しかし、そうか……もうすぐ学園入学か」

「そうね。雪解けの頃には向こうに行くことになるのかしらね？」

「そうだな。我々は王都の近くまで転移を使い、そこからバステア商会の支店に移動するつもりなので、ギリギリまでここにいる予定だ。前もってトラ——白虎に転移先を定めておいてもらったのでな」

あっいいなぁ……私も転移で移動したい。

帰る前に王都の館の自室にマーキングしてきたので、いつでも転移できるはずなのよね。試してはいないけど。

「でもそんなに大っぴらに転移しても大丈夫なの？　転移は稀少魔法《レア》だから、秘密にしておかないと能力を利用しようとする輩《やから》に狙われてしまうわよ？」

私はドリスタン王国の事情に疎《うと》いだろうセイに、老婆心《ろうばしん》ながら忠告する。

いつも買い物のためにバステア商会へホイホイ転移している私が言えた義理ではないのだけど……

「もちろん移動の際は十分気をつけるつもりだったが……そうか、もう少し慎重になるべきかな。何もなければ陸路を行くところだが、それだと追手に狙われやすいと思ってな」

「追手？」

「……どうやら自分がヤハトゥールを離れただけでは不安らしい。正妃の手の者が刺客としてドリスタンに差し向けられたようだと義父から連絡が入った」

「そんな……」

ヤハトゥールの帝の庶子であるために、命を狙われていたセイ。やっとの思いでここ、ドリスタン王国まで逃げてきたのに……どうしてそっとしておいてくれないの？

「四神獣《こやつら》が兄上を次期帝として守護しておれば、奴らとて庶子の自分のことなど気にもしないだろう。だが、いつまでたっても兄上のもとへ顕現《けんげん》しないので、さすがにおかしいと奴らも気づいたらしいな」

なるほど。四神獣の皆様は基本的に、次の帝となる人と契約し、その人を護る。ところが、彼らがお兄さんのところに現れなかったから、もしかして……？　とカンのいい誰かに気づかれてしまったってことなのね。

四神獣の皆様は次期帝となるセイを守護するために契約したのに、皮肉なことに、再び刺客に狙われる原因になってしまった、と……

「あら、今の私のあるじはセイ様でしてよ？　他の殿方に仕えるだなんてあり得ません。追手など私が返り討ちにしてみせますから心配無用ですわ」

朱雀様、とってもカッコいいことおっしゃってますが、お餅を箸でつまんだままのドヤ顔では締まりませんよ……？

「そーだなあ。俺もあの妃《ババア》は気に入らねぇな。その息子もいいなりのお人形でしかないから仕える気にゃならねぇしよ」

……白虎様、そんなこと言いながら皿をこちらに寄越しておかわりを要求しないでください。いいこと言ったからあげますけど。

「私も同意見ですね」

「……ん」

青龍様と玄武様も二人に続く。

……チラチラとこちらを窺《うかが》ってくるので、お二方にもお餅を追加した。すると朱雀様が切なそうにこちらを見つめてきたので朱雀様にも。

「移動方法については再度検討しよう。頼りになる護衛もいることだしな。……ふ、お前たちがここに留まる本当の理由は、クリステア嬢の料理だろう？」

セイは苦笑まじりに指摘する。

いやいや、まさか。それはないでしょう？

「皆に言っておくが、学園に入学したら今のようにクリステア嬢と接することはできないぞ」

うん、それはまあ……そうだね。

セイは男子生徒として入学するので、今と同じように気軽にお茶なんてできっこない。【おセイちゃん】と私はお友達だけど、ヤハトゥール国からの留学生である【セイくん】とはそもそも接点がないはずなのだ。

親しげにお茶なんぞしているのを見られようものなら、いらぬ憶測を呼んでしまいかねない。

「「「えっ⁉」」」

えっ⁉　って、えっ？

なんですか、その「聞いてないよ⁉」みたいなリアクションは？

「じゃ、じゃあメシはどうすんだよ⁉」

えっ⁉　白虎様の心配ってそれなの⁉

「ぷ、ぷりんは⁉　クリスティア様の作ったプリンはどこでいただけるんですの⁉」

……朱雀様。貴女もですか。

「「……（コクコク）」」

青龍様に玄武様まで⁉

「……まったく。お前たちは勘違いしているようだが、クリスティア嬢がこうして美味《うま》い料理を振舞ってくれるのは善意からだ。それを当然のように要求するのはおかしいだろう。そもそもないのが当たり前なんだぞ？」

「「「……」」」

ああ～皆様しょんぼりしちゃった。

「あの、そうはいっても食材を提供していただいたりしてますし、真白や黒銀を紹介していただいたりもしましたし……」

ちょっとかわいそうになってきたのでフォローしておかねば。

「これだけの大食らいなのだから食材の提供ぐらい当然だ。聖獣契約にしても、トラの勇み足が原因なのだからクリスティア嬢が気にすることはない。むしろ面倒な状況に追い込んで申し訳ないくらいだ」

「そんなことは……」

あるけど。あるけどね？　でも、もふもふライフは充実しているし、食生活も向上したし、悪いことばかりじゃないんだよね。

それに、これだけ美味しそうに食べてくれてるのに、いきなり放り出すのは、ねぇ？

うーむ、どうしたもんかしら。

ええと……取り急ぎ、王都へ向かう前に大量にストックを作って渡しておくとしても、この大所帯に加えて大食漢揃いとくれば、あっという間に底をついちゃうよね。

要は、ストックがなくなってからのやりとりをどうするかが問題か……

今までのように白虎様が深夜、私の部屋に転移してこようものなら大変なことになるに違いない。女子寮に、神獣とはいえ男性が現れたら大問題だもの。

変質者扱いされるか、はたまた私が男性を引き入れるふしだらな女生徒扱いされてしまうか……いや、年齢差を考えたら白虎様が変質者扱いされるわよね……

「おいこら。誰が変質者だ、誰が」

「えっ!? 今、白虎様と念話なんてしてませんよね？」

「クリステア様、全て口に出されてましたよ。それに私、大食漢じゃありませんわ……」

なぜバレたし。

朱雀様が困ったように言った。

「えっ!?」

マジか……恥ずかしい。気をつけないと。

「クリステア嬢、こやつらのために色々と考えてくれるのはありがたいが、クリステア嬢の不利益にしかならないのだから無理をすることはない」

セイは私のためを思って言ってくれていると思うのだけれど……

「でも、セイもたまには故郷の味を楽しみたいでしょう？」

「……っ！」

私がそんなことを言うとは思ってもみなかったのか、セイは目を見開いた。

白虎様たちをたしなめつつも、こうして一緒に食べに来るのは、やはり故郷の味が恋しいからなのではないかと思うのよね。

私も、前世を思い出してからは日本の料理が食べたくて仕方なかったし。

命を狙われ、やむなくドリスタンへ来たのだから、きっと色々なものを諦めてきたに違いないよね。そんな中、せっかく味わえる故郷の味なんだもの。

私が作る料理なんかじゃ物足りないとは思うけれど、せめてこれくらいは諦めないですむようにしてあげたいじゃない？

「……先ほども言ったように、クリステア嬢が無理してまですることではないし、させたくはない」

無理ねぇ……しているつもりはないし、料理は苦にならないから受け渡し方法さえなんとかなれば、問題ないと思うのよね。

どのみち週末に王都の屋敷で自分たちの分は作るつもりだし。それに、ドワーフのガルバノおじさまにお願いして携帯用の魔導コンロとかを作ってもらっているから、学園内でこっそり料理できないかと思っていたりもする。

そのことを伝えると、セイは戸惑いながらも「……かたじけない。恩に着る」と深々と頭を下げたのだった。

「やだ、セイったら。私たち、友達でしょう？　困った時はお互い様なんだから助けるのは当然よ。……おおっぴらに手助けできないのは申し訳ないけれど、せめてこのくらいはさせてほしいわ」

「クリステア嬢……ふ、そうだな。友か……ありがとう」

セイは嬉しそうにふわりと笑った。

さて、納得してもらったところで。

「要は受け渡し方法なのよ」

それさえクリアすればいいと思うのよね。

「そうだな……さすがにクリステア嬢のところへ押しかけるわけにはいかんし……」

どうでもいいけど、セイさんや？　言葉遣いが雑になってきてませんかね？

いちまささん姿には似合わないよ……

「めんどくせえなぁ。俺がお嬢の部屋まで転移して取りに行きゃいいんじゃねぇ？」

「却下します」

白虎様、変質者呼ばわりを嫌がるくせに、乙女の部屋に入り込むことに疑問を持たないとか、おかしくないかな？

女子寮じゃなくて王都にある屋敷のほうに来てもらえばいいかもと一瞬考えたけれど、王都には国王陛下と契約している聖獣――レオン様がいる。他国の神獣である白虎様が頻繁に出入りしてたら、ややこしいことになりそうな気がする。

それに勘のいいお兄様が、覚えのない魔力を察知して警戒しそうだし。

「じゃあどうすんだよー？」

ぶーぶーと不満げな白虎様。うーむ、このままじゃ本当に白虎様が我が家へ押しかけてきかねない。

「我が遣いをしてやろう」

「えっ？　……いいの？」

黒銀から言い出すなんて珍しい。

黒銀は、朱雀様とついついケンカしてしまい、怒った私にごはん抜きを命じられたりする。それを恐れてか、最近はセイたちがいる間はあまり関わらないように傍で静かにしていることが多いのだ。なのに、どういう風の吹きまわしなのだろう。

「かまわん。主《あるじ》の料理を届けるだけなのだろう？　どこかで落ち合って渡せばいい……そうだろう？　白虎の」

「ああ。でもいいのか？」

「ふん。おぬしからの借りは早々に返したが、逆におぬしらに貸しを作っておくのも悪くないと思ってな」

「うぐっ……仕方ねえ。背に腹はかえられん」

ふふん、とドヤ顔な黒銀に対し、ぐぬぬと悔しそうな白虎様と……背後の朱雀様。

と、とりあえず受け渡しのルートを確保したってことで……ひと安心、かな？

ふむ。セイたちのごはんについては、黒銀が定期的にデリバリーすることで解決した。

保存についても、白虎様をはじめとした四神獣の皆様はインベントリ持ちらしいので、傷《いた》む心配はない。なら、できるだけ多めに渡すとして……

「皆様、メニューについて何かリクエストはございますか？」

やはり各々食べたいものが違うだろうし、偏《かたよ》らないようリクエストを聞いておかないと。

「あ！　俺はアレがいい！　ギュードンとかいうやつ！」

「ギュードン……？　あ、牛丼か。以前、ビッグホーンブルのスジ肉で作った牛すじ丼ですね」

黒銀や真白と初めて会った時にどら焼きのあとに振る舞ったんだった。

「ああ、アレか。あの牛すじは実に美味《うま》かった」

黒銀もうんうんと頷きつつ同意する。

「だろお？　アレさあ、汁たっぷりで生卵かけたら美味《うま》いと思うから試してみたいんだよなぁ」

「卵か……なるほど、それは美味《うま》そうだ」

ちょ、白虎様ったらつゆだくにギョクとか知らずに、自分で思いついたのか……食に関する執着は私よりすごいかもしれない。

「何？　ギュー……ドン？　……トラよ、我らの知らぬ間に他にも美味《うま》いものを食べていたのか？」

「あっ！　やべ」

内緒にしてたの忘れてた！　とばかりに慌てる白虎様。

……あ、そうか。聖獣契約騒ぎの時に食べたきりだから、セイたちはまだ食べたことがないんだった。

「セイ、私たちが牛丼を食べたのは、黒銀や真白が私と聖獣契約するために来た時なの」

「……ああ、あの騒ぎの時か。まったく、トラはろくなことをせん」

セイがジロリと睨むと、白虎様は悪戯《いたずら》が見つかった子どものように大きな身体を縮こまらせた。

「まあいい、トラがそう言うくらいだから美味《うま》いのだろう。申し訳ないが頼めるだろうか？　……生卵は抜きで」

あら、白虎様は食いしん坊なだけあって味に関しては信用されてるのね。

「わかりました。卵は少し火を通したものをご用意しますわ」

生卵はダメでも温泉卵なら大丈夫だろう。ああ、私も久々に食べたくなっちゃった。

セイたちの分のついでに私たちの分も作らなきゃね。

それから朱雀様はプリンや茶碗蒸し、青龍様はオーク汁におにぎり、玄武様は親子丼をリクエストした。

「ええと、それからその……オ、オムライスを作ってもらえると嬉しい」

ほんのり顔を赤らめてリクエストするセイ。

「せっかく故郷の味をと言ってくれたのだが、アレが美味《うま》かったのでまた食べたい」

あ、そうか。さすがにヤハトゥールにはオムライスはないわよね。

だけど、ごはんを使った料理だから、馴染《なじ》みやすかったんだろうな。

「わかりましたわ。ふわとろの美味しいオムライスを作りますね」

そう告げると、セイは嬉しそうに「ありがとう。楽しみにしてる」と微笑んだ。

その他にもリクエストをもらい、できる範囲で作りますということで了承を得た。

大量の作り置きになるので、料理を盛り付けるための器や寸胴鍋《ずんどうなべ》などの手配をバステア商会にしてもらうようお願いする。

その流れでセイが食費を全額負担すると申し出たものの、これまでと同様ヤハトゥールの食材との物々交換で手を打つことになった。

「王都にあるバステア商会の支店でも最近ヤハトゥールの食材が売れるようになったため、定期的に届けるようにしている。せっかくだから珍しいものも一緒に入荷するように手配しよう」

セイとバステア商会で初めて会った時に側にいた大男さんが、定期連絡も兼ねて王都の支店とエリスフィード領の本店とを行き来し、極力在庫切れが出ないようにしてくれるという。

そこで、料理の受け渡しは支店で行《おこな》い、そのタイミングで私がリクエストする食材のメモを渡してもらうことにした。

やったね！　帰省の度に和食用の食材を買い込まなくてもよくなったぞー！

セイは、はしゃぐ私を見てその理由を察したのか、ボソリと言った。

「……クリステア嬢、言っておくが現在の王都支店で一番の上得意は、エリスフィード公爵家だ」

……なるほど。買い込む必要なんてはなからなかった……と。

# 第三章　転生令嬢は、ひたすら料理する。

セイたちからリクエストを聞いた私は、ひたすら料理を作った。

さすがに一日で作れる量ではなかったので、学園入学後、真白や黒銀に食べさせるためのストックだと偽り、毎晩夕食後に調理場を借りて作りまくった。

「さて……と。これであらかた作り終わったかな？」

リクエストされた分はおかわりも見越してかなり多めに作っておいた。

これだけあれば食いしん坊の四神獣の皆様でも大丈夫……だと思う。多分。

ついでに私たちの分も作ったせいで、毎日周囲がドン引きするほどの、ものすごい量になってしまった。

冷めたり傷《いた》んだりしないようにと、作る端からインベントリへしまわれていく料理を、試食を期待して居残っていた料理長たちが「あああ……」と残念そうに見つめていたけれど……気にしないことにした。

まったくもう、自分たちで作れる料理ばかりなんだから、食べたいのなら自分で作ればいいのに。

まあ、人に作ってもらう料理のほうが美味しそうに見える気持ちはわかるけどね。

お父様もお夜食として食べられるんじゃないかと期待していたらしく、自分の分はないと聞いてがっかりしていたと、あとから聞いた。確かに、最近は皆の料理の腕が上がったので私が作ることはあまりなかったかもしれない。そろそろ新作を作らないと、料理長に詰め寄られそうだわね。

「……それにしても、見事にお肉料理ばかりになってしまったわね」

セイたちのリクエストのほとんどがお肉メインの料理だったのだ。

せめてもと豚汁ならぬオーク汁はお野菜たっぷりの具沢山にしたけれど、それでも野菜が足りない。夏野菜をピクルスにしたものや、おひたしなど色々追加するとして……魚料理がないなぁ。

在庫がたくさんある鮭《さけ》――もとい、シャーケンの塩焼きや、身をほぐしてフレークにしたものを、ふりかけとして使ったりお茶漬けにしたりしてもらうことにしよう。おにぎりの具にもいいよね！

あとは……まだまだ寒いこの季節なら、お鍋なんてどうだろう？

鱈《たら》みたいなお魚とか、この世界にいるかなあ？　海老《えび》や蟹《かに》もあるといいよねぇ。

次はお魚のメニューを充実させようと心に決め、自室へ向かった。

「ねえ黒銀、今の時期にとれるお魚って何だと思う？」

自室に戻った私は、長いこと放浪していただけあって物知りな黒銀に聞いてみることにした。

「……我はあまり魚を食わんので詳しくはわからぬ。気は進まぬが、あのセイレーンのオスに聞けばよかろう」

「あっそうか。その手があったわね」

以前、港町に訪れた際に出会った、美少女と見紛うばかりのセイレーンでは珍しい男の娘《こ》……

じゃない、少年にお願いして、お菓子を報酬にまた追い込み漁をすることにしよう。

「そうと決まれば、明日は港町に行くことにしましょう！」

善は急げということで、海鮮鍋のために早速港町行きを決めた私に黒銀から待ったがかかった。

「待て、主《あるじ》。出かけるならばその旨、主《あるじ》の父君に報告せねばなるまい」

「ええ～？　散策程度の時間で終わる予定なんだし、ささっと行って帰ってくればいいじゃない」

そりゃあ報《ほう》・連《れん》・相《そう》——報告、連絡、相談は大事だけれど、今回は市場へ買い物に行くわけじゃないもの。

そもそも前回も、市場で買うようにと言われて出かけたものの、結局は自力で調達したんだよね。護衛も黒銀や真白がいるから必要ないし、別に報告しなくてもいいんじゃないかな？

「そうは言うが、前回は海に引きずり込まれたり、うっかりあのセイレーンと契約しそうになったりしたではないか。慎重に行動してもらうためにも行き先は報告すべきだと思うが？」

「うっ……！」

ぐぬぬ、それを言われると……

向こうで色々やらかさないための抑止力としてお父様に申告しろってことよね。でも正直めんど……いやいや、お父様にいらぬ心配をかけたくないわ。

「私は、黒銀や真白が護ってくれると信じてるから心配してないんだけど……」

ちらっとあざとく上目遣いでそう言うと、黒銀はうっと気持ちがぐらついたようだった。だけど、前回護りきれなかったのを気にしていたようで、頑として譲らなかった。ぐぬぬ、懐柔策は失敗か。

無茶させたくないのはわかるけど、皆、私に対して過保護じゃないかな……？

一応、前世ではとっくに成人だったんだし、そういった意味では、そこいらの子どもとは違うんだから、そこまで心配しなくてもいいと思うんだけどなぁ。

黒銀に説得された私は、港町に出掛ける旨を報告するため、しぶしぶお父様がいる執務室へ向かった。

機嫌よく許可を出してもらうための「お夜食」という名の賄賂《わいろ》を手に……


「……なんだと？」

あっお父様の眉間のシワが深く……それでもお夜食のおにぎりをしっかり頬張っているのはさすがだわ。

執務室にいたお父様に差し入れを渡し、機嫌が良くなったのを見計らってお伺いを立てたにもかかわらず、状況は芳《かんば》しくないようだ。

「え、ええと、あのですね？　新鮮なお魚が欲しいので、捕りに行こうかなぁ……などと思いまして」

えへ、と笑いながら説明したものの、お父様の眉間のシワは深くなるばかり。

ほらぁ……難色を示すと思ったのよ。

「捕りに？　買いに行くのではないのか？」

「市場で買うのとは数も新鮮さも違いますから……」

「そういうことを聞いているのではない。確かに新鮮さが違うのはわかるが、どうやって捕るつもりだ？」

お父様はちらりと黒銀や真白を見ながら問いかける。

もしかして、黒銀たちが捕ってくると思ってる？

いくら聖獣でもそう簡単に海の幸を捕ったりはしないと思いますよ……？

真白は川魚なら大丈夫みたいだけど、海ではどうなのかなぁ？

「どうやって、と言われましても……」

そういえば、この前は海の中にいたから範囲指定して周囲の魚ごと陸に転移したけれど、さすがに冬の海に入るわけにはいかないよね？

いっそインベントリにまとめて？　だめだ。インベントリに生き物は入れられなかった。

ええー……どうしよう？　……あ、そうだ。

「入江に追い込んだ魚を土魔法で作った生簀《いけす》……囲いの中に転移させようと思います」

それなら海の中に入らなくても、浜辺で範囲指定して転移させたらいいんじゃない？　……いや、入江に追い込んだ魚の周囲に、そのまま囲いを作ってしまえばいいのかもね。

どの方法が最適かはセイレーンくんに相談するとしよう。うん、我ながらグッドアイデアだ。海の中に入ることもないし、危険なことはないのだから許可は取れるはずだ。

「追い込む？　発想はともかく、誰がそれをやると言うのだ」

……しまった。そこ突っ込んできますか。

「以前港町へ赴《おもむ》いた折に知り合った方にお願いしようと思っておりますわ」

嘘はついてない。その「知り合った方」がセイレーンくん……魔物だというだけの話だ。

「……ふむ。どのようにするのか興味があるな。私もついて行くことにしよう。其方《そなた》が知り合ったという者にも挨拶がてら会っておかねばな」

「えっ」

「なんだ？　娘が世話になるのであれば、親として挨拶するのは当然だろう」

「そ、それは……」

「そうと決まれば明日の分も仕事を片付けておかねばならんな。其方《そなた》はもう休みなさい」

「あ、あの、そんな無理をなさらなくても……」

「無理などしておらぬ。明日は休養することにしたのだからな。さあ、気が散るから早く行きなさい」

そう言って手元の書類に目を落とし、黙々と仕事を再開したお父様。結局、私は何も言えず、すごすごと執務室をあとにしたのだった。

え、ど、どうしてこうなった……？

漁に行くと報告したら、お父様もついてくることになってしまったよ？

漁をする公爵令嬢ってだけでも我ながらどうかしてるって思うのに、保護者同伴って……ないわー。

「んもう、だからこっそり行って戻ってくれれば良かったのよ」

「良いではないか。監視がつけば主《あるじ》も無茶をすることはなかろう」

不貞腐《ふてくさ》れて愚痴《ぐち》を漏らす私に対し、黒銀は安堵した様子だ。

「別に無茶なんてしーまーせーんー！　それより、肝心の追い込み漁をどうしたらいいのよ？　セイレーンくんをお父様に紹介なんてしてたら、契約はしてなくてもまた知らない間に魔物と接触してたのか！　って叱られちゃうじゃないの」

「……そういえばそうだな」

「もー！　黒銀ったら、忘れてたのね？」

うう、どうしよう。追い込み漁はセイレーンくんの手助けなしではうまくいかないだろうしなぁ。なんにせよお世話になった人を紹介しなくちゃならないわけだし……あ、これお説教不可避案件だわ。詰んだ。

「おれがおよいでおいこもうか？」

真白が覗き込むようにして私に提案する。

「ダメよ！　陸と海じゃ勝手が違うもの。海の魔物がどんなものかもわからないのに真白に危ないことなんてさせられないわ」

いくら真白にシャーケンを捕まえてきたという実積があっても、海と川は別物だもの。

セイレーンくんにお願いしたほうが安心・確実だろう。

「はあ……仕方ない。ここまできて漁に行くのをやめますなんて言ったら、余計疑われるものね。お説教を免れないならその分しっかりお魚を確保して……お父様にご馳走して有耶無耶《うやむや》にするか、できる限りお説教の時間を減らすよう努力しよう……」

私は腹をくりつつも、はあ……とため息をもらし、明日のために就寝するのだった。


翌朝、私は防寒と防水機能のついたローブをしっかり着込み、お父様がいる執務室をノックした。

朝食の席にいなかったけれど、朝まで仕事してたとか……まさかねぇ？

そう思いながらお父様の返事を聞き、執務室の扉を開けたのだけど……

「……これは一体どういうことなのですか？」

ジト目でお父様を見つめる。

「ああ、その、これはだな……」

顔色を悪くして狼狽《うろた》えるお父様は珍しい。

「あらぁ、いいじゃない！　ワタシも海のお魚が食べたかったのよねぇ！」

「うむ。嬢ちゃんなら酒に合う美味《うま》いもんをこしらえてくれるじゃろ」

……それもそのはず。ティリエさんとガルバノおじさまがいたのだ。

そして漁に同行することが決定していた……だと？　なぜに⁉

ていうか、執務室がお酒臭い！　顔をしかめながら部屋全体にクリア魔法をかけた。

状況から察するに、ティリエさんとガルバノおじさまが夜半に押しかけてきて酒盛りをしたのだろう。

燻製《くんせい》の試食会以来、ティリエさんとガルバノおじさまが時々二人揃ってやってきては夜中に酒盛りをしていると聞いていた。

二人ともどこからか手に入れた珍しい貴重なお酒を持参してくるから、美味しいお酒に目がないお父様は断りきれないみたいなのよね。

でもいつもは適当な頃合いをみて帰っているようで、翌日に二人の姿を見たことはなかったのに……？

「……お父様？」

「……すまぬ」

再びジト目でお父様を見つめると、目をそらされる。

「うふふ、可愛い娘とお出かけできる機会なんて、なかなかないものねぇ？　すごぉく嬉しそうに話してくれたわぁ」

にやにやと笑いながらお父様の腕に抱きつくティリエさん。あっ、振り払われた。

「わしらもそれを聞いて羨《うらや》ましくなってのぉ。それに新鮮な海の魚なんぞここらではなかなか食えんからな。すまんがついていかせてもらおうと思ったんじゃ」

ガッハッハと笑いながらお父様の背中をバンバンと叩くおじさまに、「くっ……」と片手で顔を覆《おお》うお父様。

ああ、娘とのお出かけが嬉しくてつい自慢しちゃったら、邪魔者がついてくることになって後悔してるって顔だね、うん。

……もしかして手土産《てみやげ》がものすごく貴重なお酒で断りきれなかったのかもしれないな。

「左様ですか……仕方ありませんわね、一緒に参りましょうか」

「うふふ、さすがクリステアちゃん♪　そうこなくちゃ！」

「楽しみにしとるぞい！」

「……クリステア、断っても良かったんだぞ⁉」

最後の頼みの綱であった私が断らなかったので、お父様は愕然《がくぜん》としてこちらを見た。

それならはじめから自慢しなければよかったのに……親バカが裏目に出てしまいましたね。

二人の同行は私も予想外だったけれど、セイレーンくんを紹介する時に二人がいたほうが心強い……かもしれないと思い、仕方なしに承諾した風を装《よそお》ったのだ。

「約束を違《たが》えてはお父様の名に傷がつきますわ。その代わり、今回の件については他言無用でお願いいたしますね？」

「わかってるわよぉ！　それに、貴族が遊びで狩りに行くならともかく、本気で漁に行くだなんて言っても誰も信じないわよ」

ティリエさんはケタケタと笑って言った。

ぐぬぬ、すいませんね、本気で漁に行く公爵令嬢で。

「コホン、で、では気を取り直して参りましょうか」

新鮮なお魚をゲットしに港町へ！

「うむ、そうと決まれば向かうとしよう。馬車を用意させるので少し待ちなさい」

なぬ？　馬車ですって？

転移でパッと行ってパッと帰ってくる予定だったのに、馬車なんて使ったら時間もかかるし、面倒なだけじゃないの～！　やだー！

でも、ティリエさんとガルバノおじさまには私が転移魔法を使えることは内緒にしているのだし、諦めて馬車に乗るしかないか。

馬車嫌いな私がむむぅ……と顔をしかめたのを見て、黒銀がやれやれという顔で提案した。

「いや、馬車などいらぬ。我が転移で連れていこう」

おお、黒銀！　よくぞ言ってくれました！　黒銀も転移魔法が使えるんだったわ！

「しかし黒銀様。これだけの人数をまとめて転移させるのは大変ではありませんか？」

お父様が気遣わしげに問う。なるほど、それもそうか。

転移魔法は距離があればあるほど魔力を使うし、転移する人数が多くなるとさらに負荷がかかるらしい。黒銀一人に負担させるのはまずいよね？

「おれも、てんいまほうつかえるよ？」

ああ、そうだ。真白も転移魔法が使えるようになったんだっけ……てことは、私は連れていってもらう振りをして、実際は自力で転移したらいいわけで。

「そうね、真白にもお願いしようかしら。それじゃあ、ええと……真白はガルバノおじさまをお願い。黒銀は私たちを連れていってくれる？」

そう黒銀に頼みながら、念話でこっそりと話しかける。

『黒銀、私は自力で転移するから、お父様とティリエさんをお願いね』

『いや、ぴったり同じ場所に転移できるとは限らん。主《あるじ》は魔力の補助をしてくれればそれで良い。転移先はあの入り江でいいか？』

『わかったわ。そうしましょう』

『せいれーんのいるいりえだね？　わかったー』

話がまとまったところで、お父様たちに真白や黒銀にしっかりつかまっておくように伝える。

「うふ、これでいいかしら？」

ティリエさんは黒銀の左腕にがっちりと絡みついてしなだれかかっていた。

「え、ええ。黒銀が問題なければ」

黒銀が若干不機嫌そうな顔をしているけれど、振り払うわけにもいかず黙っている。ごめんね。

「馬鹿者。この程度で良かろう」

ティリエさんを叱りながら、お父様は黒銀の右肩に手を置いた。確かに、お父様が黒銀と腕を組んでいるのはちょっと見たくないかも。

「ふぅむ。わしが聖獣の坊《ぼん》につかまるのはちぃとばかし難しいか……これでええかの？」

ガルバノおじさまはよいせ、と人型の真白を抱えて肩車をした。

「うん。みはらしがよいから、いいよ」

真白は、黒銀を見下ろす形になったのがなんだか嬉しそうだ。

私は黒銀に肩を抱かれるようにして転移に備える。

「それでは、転移いたしましょう。皆様、よろしいですか？」

「いいわよぉ♪」

「うむ、問題ない」

「よろしく頼むぞい」

返事を聞いた私はこくりと頷き、真白と黒銀に合図した。

「それでは、港町の入り江に転移！」

そうして、私たちは魔法を発動し、あの入り江に転移した。

転移魔法で港町の入り江へ移動した私たち一行は吹き荒《すさ》ぶ寒風に身をすくめた。

「うう……やはり、冬の海は寒いわね」

温度調節機能が付与されたローブを羽織っているとはいえ、顔に当たる潮風は冷たい。

「やーん、寒いの苦手なのよぉ」

ティリエさんは黒銀の腕にしがみついて離れようとしなかったけれど、転移が完了したので容赦なくペイッと放り出されていた。

「クリステア、こちらに来なさい」

お父様は私を引き寄せ、自分のローブで私を包んだ。おお、風が当たらなくなった。ありがとうございます、お父様。

「ほお、こりゃたまげた。本当に海辺に転移しおったわい」

ガルバノおじさまは、真白を肩車したまま海を見てはしゃいでいる。転移魔法なんてそうそう体験することないものね。お父様は王都との行き来にちゃっかり転移陣を使いまくっているようだけど。

「それで、世話になるという御仁はどこに行けば会えるのだ？　見る限りでは漁師小屋や船なぞ見当たらぬが……」

お父様はその人が漁師だと思っているのか、キョロキョロと周囲を探していた。

ああそうだ、セイレーンくんを探さなくちゃ。前みたいにひょっこり姿を現してはくれないかしら？

「あっれぇ？　久しぶりだね！　えーと……そうそう、クリスちゃんだっけ？」

……わあ。ひょっこり出てきてくれましたよ、海の中から。

しかも前に会った時と同じワンピース姿で。見てるだけで寒々しいっ。でも相変わらず美少女……じゃなくて、美少年だわ……でもなくて。

そんな姿じゃ、人外ですと自ら言ってるようなもんじゃないっ！

「な……っ!?　こんなところに魔物だと？」

「あらぁ？　もしかして人魚？　いえ、セイレーンかしら？」

さすが冒険者ギルドでギルドマスターをやっているだけあって、ティリエさんは彼がセイレーンだとすぐに気がついた様子。

「ほお、セイレーンか。ヤツの魔石や鱗《うろこ》はアクセサリーの素材として人気じゃから高く売れるはずじゃぞい。わしはいらんが、ティリエ、お前は欲しいんじゃないかの？」

「そうねえ。滅多に出ないから高値で取引される素材ではあるわね」

ガルバノおじさまは真白を肩車したまま、ティリエさんと物騒な会話をしている。

「だっ、ダメですっ！　彼がお世話になった人なんです！」

あれ？　魔物だから、人ってのはおかしいかな？　いや、今はそんなことを考えてる場合じゃないわっ！

慌ててセイレーンくんを庇《かば》おうとした私の肩を、お父様がガシッと掴んだ。……あ、まずい。

「世話になったのが、セイレーン……魔物、だと？　クリステア、私は何も聞いておらぬのだが？」

ヒイッ⁉　ローブの中は暖かかったはずなのに、急に冷え冷えと……？

「あ、あの……これにはわけがありまして」

「理由があろうとなかろうと、何かあれば逐一報告する約束ではなかったか？」

ひええ、お父様の眉間のシワが、どんどん深く⁉

「クリステア、報告してもらおうか？」

「は、はい……」

やっぱり、お説教は避けられないみたいです。

……私はただ、お魚が欲しかっただけなのにぃ！

私は、以前港町の市場へ魚を買いに行った際にセイレーンくんと出会ったこと、はじめは魔物とはわからなかったこと、不注意で海に落ちた私を彼が助けようとしてくれたことなどを説明した。

範囲指定の転移魔法のことはぼかしつつ、魚を大量に捕獲できたことや、セイレーンくんが魚を追い込むのを手伝うと言ってくれたことなども説明すると、お父様にはすっかり呆れられていた。

「かなり前の話ではないか……あれほど何かあれば報告・相談するように言っただろう。負傷しなかったから良かったものの、其方《そなた》の迂闊《うかつ》な行動ひとつで周囲の者がどれだけ心配するか、よく考えなさい」

「も、申し訳ございません……」

お父様の言うことはもっともなので返す言葉もない。

「まあまあ、いいじゃないの。こうして無事だったんだし。あんまりガミガミ言いすぎると愛娘《まなむすめ》に嫌われちゃうわよぉ？」

ティリエさんが背後から抱きつきながらそう言うと、お父様はピシリと固まった。

「お、親は子どもが道を間違わぬよう監督し、導くものだろう……」

「バッカねぇ。貴方にだって子ども時代があったのを忘れたの？　ご両親があれこれ口喧《くちやかま》しかった頃、貴方はご両親の言うことなんて聞かなかったじゃない。こっそり冒険者の真似事なんてしたりして、ねぇ？」

「ぐっ!?　そ、それは……っ」

からかうようなティリエさんの言葉に、お父様が慌てている。

お父様の子ども時代のお話？　冒険者の真似事って!?　確かに前、冒険者ギルドでそんな話を聞いたような……。そこんとこ是非とも詳しく聞いてみたい！

「まったく、自分のことは棚に上げて。貴方のほうがよっぽど無茶してたと思うわよ？」

「……その経験があるからこそ、娘を危険な目にあわせたくないと思うのだ。今になって父上たちの気持ちが身に染みる」

……やんちゃしてたお父様がそう思うほど私は心配かけてるってことなのかしら。

「まあ、親になってからわかることもあるってもんだ。嬢ちゃんは思いもよらぬことをしでかすが、お前さんほど無謀なことはせんだろうて。お前さんは鷹揚《おうよう》に構えて、いざという時に親の立場から守ってやればええんじゃ」
ガ、ガルバノおじさまあぁ？　しでかすって、無意識にディスってませんか？　でも、否定できないのがつらい……
「……そうだな。私は『あんな風にはならない』と思っていた父上と同じ轍《てつ》を踏むところだった。クリステア、私は其方《そなた》を束縛したいわけではない。危険な目にあわせたくないだけなのだ」

お父様は辛そうに顔を歪めた。あああごめんなさいお父様、いつもご心配をおかけして申し訳ございません……！

「お父様、いつも私のためを考えてくださって感謝していますわ。私も、今後は気をつけます」

「クリステア……」

……美しい親子愛のシーンだけど、「気をつけます」と言っただけで「やめます」とは言っていない。ここ重要。

そもそも、私は美味しいものを確保したいだけで、無謀なことをしているつもりはさらさらない。

お父様の言う危険なことって、大抵向こうからやってくるのだから私のせいじゃないよ……ねぇ？

「まったくねぇ。広～い心と深～い愛情を持つ、ワタシの包容力を見習いなさぁい？」

「だあっ!?　人の尻を撫で回すな！」

抱きついたままのティリエさんがセクハラしたようで、お父様は即座に振り払っていた。いいこと言ってたのに、色々と台なしですよ、ティリエさん……

「……ねえ？　一件落着のところ申し訳ないんだけど。お魚捕りに来たんじゃないの？」

セイレーンくんが待ちくたびれたように岩場にもたれかかっていた。

「あっ！　そ、そうね！　お魚を捕りに来ました！」

わ、忘れてた……

# 第四章　転生令嬢は、漁をする。

お父様とのやりとりで、セイレーンくんの存在をすっかり忘れていたよ。あわわ……

「ご、ごめんなさい。せっかくお手伝いしていただくのにお待たせしてしまって」

「いいよ～。お魚、欲しいんだよね？」

そりゃあもちろん！　そのために来たんだからねっ。

「ええ。今回は浅瀬までお魚を追い込んでいただきたいのですが、お願いできますか？」

「クリステア、本当に其方《そなた》が捕るつもりなのか？」

私の発言にお父様がびっくりしている。事前にちゃんと追い込み漁をすると説明したのに、信じてなかったのかしら？

「追い込むのはいいけど……どうやって浜辺に上げるの？　海はまだ冷たいからクリスちゃんは入れないよね？」

セイレーンくんも不思議そうに言う。

うーん、そうなのよねぇ。前回は冷たかったものの、まだ入れなくはない水温だった。

だけど今回は入った瞬間に凍《こご》えるのは間違いないから、とてもじゃないけど水の中に入って範囲指定して浜辺に転移させるなんてできない。

黒銀も真白も触れている対象を自身と一緒に転移させることはできるけれど、物だけを転移させることはできないみたいなのよね。お父様だけならともかく、今回はティリエさんやガルバノおじさまというギャラリーもいるので、私がほいほい転移魔法を使うわけにはいかない。

そこで私は考えた。浅瀬に生簀《いけす》を作ってそこに追い込めばいいのでは……と。

あとは、そこからどうにかして浜辺に運べばいいのだけど……

『ねえ、黒銀、真白。浅瀬にいるお魚を浜辺に上げるにはどうしたらいいと思う？』

真白なら、大量のシャーケンを捕ってきた実績があるので何かいいアイデアがあるのではなかろうかと思い、念話で質問してみた。黒銀も長年の経験から、何か提案してくれるかもしれないしね。

『んー。こおらせて、もってくる？』

なるほど。凍らせたらインベントリにも入れられるかもしれないわね。でも、あとで溶かすのが大変じゃないかな？

『ふむ、我ならば風魔法で竜巻を作り、吹き飛ばすかな』

ほうほう。確かに竜巻的なもので魚ごと巻き上げればいけるかもしれない。でも、制御を間違えたら大惨事になりそうな気がするんだけど……？

『ええと、どちらも繊細な制御が必要になると思うけど、できそう？　私は魚を追い込む囲いを作るから』

『うん、やってみるー』

『モノは試しだ、やってみよう』

よっし、そうと決まれば囲いを作って追い込んでもらいましょう。

「あの、セイレーンさん。これから囲いを作るので、その中へお魚を追い込んでいただけますか？」

「いいよ～！　でも、囲いってどうするの？」

「土魔法で壁を作ります」

私はおもむろに浜辺に手をつけると地面に魔力を通し、海中から壁がせり上がってくる様《さま》をイメージして魔法を発動した。

ええと、壁……囲い。ただの壁じゃなくて、浅瀬に向かって狭く、V字になるようにイメージして角度をつける。そして一番狭いところに隙間を作って、そこから魚が入ったら即座に閉じるようにしよう。よし！

ゴゴゴゴゴ……ザバッ！

海中から壁がせり上がってきて、生簀《いけす》のようなものができあがった。

「セイレーンさん、この中にお魚を追い込んでいただけますか？」

「うわぁお……すっごいねぇ。これ、あとで元に戻せるの？」

「もちろんです。終わったら壁は消しますのでご安心くださいませ」

さすがに地形を変えたまま放置したら生態系に影響が出そうだし、地元の人に見つかったら面倒だからね。異常現象とか騒ぎになったら困るもの。

「わかったー。じゃあ、待っててね！」

ザプンと海に潜《もぐ》っていったセイレーンくんを見送ると、私は活《い》け締《じ》めをするための台や風除けの簡易の壁などを土魔法で作り、さらにお茶を淹《い》れようと竈《かまど》を作って火をおこした。

「ふう……こんなものかしらね」

お湯が沸くまでひと休みしようとインベントリから敷物やクッションを取り出し座ろうとすると、ぽかんと口を開けて立ち尽くすお父様たちに気がついた。

「其方《そなた》は……一体何を……」

……あれぇ？　もしかして私、またやらかしちゃったのかな……？

呆気にとられているお父様たちの様子を見るに、どうもそうらしい。でも、何がまずかったのか、さっぱり見当がつかないんだけど。

セイレーンくんのことはバレちゃったし、追い込み漁についてはわかっていたはずだし……。インベントリに調理器具を入れてるのなんて前から知ってるはずだよね。どこがまずかったのか、さっぱりだわ。

「あ、あのぅ……お父様、何か？」

仕方ない、ここはにっこり誤魔化す方向で！　小首を傾げて可愛らしく！

そんな私を見てハッと我に返ったお父様は、改めて海を見つめてから私に向き直った。

「クリステア、其方《そなた》……あの海中にできた壁は其方《そなた》がやったというのか？」

「え？　……は、はい。それが、何か？」

追い込み漁のために拵《こしら》えた壁がどうしたっていうのかしら？

別に前にもピザ窯やら燻製《くんせい》小屋やらを作ってたんだから、今更驚くことじゃないよね？

「ちょっと、驚いたわね……貴女くらいの年齢であそこまで見事なストーンウォールができるだなんて。しかも、無詠唱で……」

「そうじゃの。海の中であそこまで強固な壁を作れるとなると、相当なもんじゃろ」

……え？　そこ？

だって、波があるし、強度がないと崩れちゃうじゃないの。

前世の堤防なんかをイメージしてみたけど、どうせあとで崩すんだし、そこそこの強度を保っておけばいいかなってレベルの出来なんだけど。

今更驚くほどのことかなぁ？

「ふぅむ。嬢ちゃんはこのまま魔法の腕を磨けば、魔導師団の師団長も夢じゃないかもしれんの」

「そうねぇ……初の女師団長になれるかもね」

「待て、私は娘を魔導師団にやる気はないぞ!!」

「え？」

何それ!?　なんで追い込み漁のために壁を作っただけでそんな話になるの？

マーレン師は、色々魔法について教えてくれたけど、これが非常識なレベルだとは教えてくれなかったんだけど!?

……学園入学前に、魔法の標準的なレベルを確認しておかないといけないかも。

「おーい！　お魚追い込んだよー！」

そんなことを考えていたら、セイレーンくんがザバァッと水面に顔を出した。

「あっ、はーい！」

私は咄嗟《とっさ》に地に手をつき、新たに壁を作って魚の出入口を塞ぐ。

おお、浅瀬の魚影を見るに、これは大漁の予感！

『よし、我の出番だな。主《あるじ》、見ているがいい』

フェンリルの姿に戻った黒銀が海へ飛び込んだかと思うと、沈むことなく海面を走り抜け、魚を一角に追い込んで前脚でサッとなぎ払った。

すると、そこに小さな竜巻が発生し、魚を巻き込みながらこちらへ向かってくる。

あわわ！　その竜巻をどうするつもりなの、黒銀ー!?

慌てる私のことなど気にも留めず、黒銀はそのまま竜巻を上陸させる。かと思うといきなり竜巻が消え、巻き込まれていた魚がドサドサッと落ちてきた。
え、何これ、すごい。風魔法をここまで繊細に制御できるなんて。
私だったら……うん、やばい想像しかできないので絶対に真似しないでおこう。
『どうだ、主《あるじ》。これでよかろう？』
ドヤ顔の黒銀を、素直に賞賛する。
「ええ、すごいわ黒銀！　こんなにたくさん！」
『ふっ……我に任せておけばこのようなこと容易《たやす》いことだ』
『むう……くりすてあ、おれも、がんばるからみてて！』
黒銀の活躍に触発されてか、真白も勢いよく海へ飛び込み泳いでいった。
……真白、犬かきで泳ぐのね……可愛い。
ちゃぷちゃぷと泳ぐ真白にほのぼのしていると、真白が海から何かを投げた。
ヒュンッ！　ドゴッ！　ドゴッ！
鈍い音を立てて落ちてきたのは、魚の詰まった直径一メートルくらいの氷の塊だ。
「えっ？　な、何これ？」
『くりすてあー！　それくらいのおおきさでいい？　もっとおおきくする？』
もっと大きく……って、この大きさでも当たったら大怪我するわよ!?
「ちょ、ま、真白！　これ以上大きいのは危ないわ！　もっと小さいのでお願い！」
『ん、わかったー！』

「うっわー……ホーリーベアくんってば、やることがえげつないねぇ……」

壁の向こうから身を乗り出すようにして見ていたセイレーンくんが、顔を引きつらせながら言った。

……私もそう思う。

はっ、いけない。お父様たちを避難させておかないと危ないわ。

「お父様、ここは危ないですから少し下がって待ちましょ……お父様？」

またもや三人とも固まっていた。

「あ、あの、お父様？　危険ですから……」

私が再び声をかけると、お父様たちはぼそりと呟いた。

「ワタシ、もう何があっても驚かないわ」

「わしもだ。嬢ちゃんだけじゃなく聖獣様たちもとんでもないんじゃもん……」

「……くれぐれも、これらのことは内密に頼む……」

「「了解」」

……私は別にとんでもないことなんてしてないと思うんだけど!?　解せぬ！

黒銀や真白の働きにより、お魚は無事回収された。

……次はもう少し穏便な方法で漁ができるように考えておかなければ。

うーん、地引き網とか？　そんなことを考えながらお魚を回収していく。

黒銀によって陸にあげられたお魚は、活きのいいうちにてきぱきと締めて即インベントリへ。それなりに数があったので、処理は後回しにしてとにかく回収を最優先にした。

次は真白が投げてきた氷塊だけど……

「真白……この氷、溶かせないかな？」

インベントリに入れる分には困らないけれど、使うたびにこの氷を砕くのはごめんだもの。それに、魚まで粉々にしてしまいかねない。

『うん、いいよー』

真白が氷の塊に触れるとバシャン！　と水に変化して魚が地面に落ちていった。

私は急速冷凍状態になっているお魚を手早くインベントリに入れていく。

真白や黒銀が人型に変化して手伝ってくれる。呆然と見ていた保護者の三人もハッと我に返り、回収を手伝うべく動き始めた。

今回はシマアジやアマダイに石鯛《いしだい》、ヒラメやブリなどが多く揚がっていた。

シマアジはアジフライやなめろうに、アマダイは刺身もいいけれど、酒蒸しや煮付け、しんじょも捨てがたい。ブリは一回はしゃぶしゃぶにしなくちゃね。小型の魚は干物にしようかな。

うふふ……何を作ろうかなとあれこれ考えるこの時間は、本当に幸せだ。

「主《あるじ》、このイガイガは栗に似ているが、これも食べるのだったな？」

黒銀が竜巻に巻き込まれたらしいウニを素手で掴んで私に見せた。

あわわ！　トゲが刺さったら危ないんだからね！

「黒銀！　危ないから手袋をしないと！」

「この程度、どうということもない」

確かに、栗拾いだって素手で手伝ってもらってたし、トゲくらいなんてことないんだろうけど……見てるほうは痛そうで仕方ないんだよー！

私はインベントリから袋とスコップを取り出し、黒銀にこれで拾うように伝えた。けれど、黒銀は不要とばかりに首を振り、風魔法で小さなつむじ風をおこしてウニを拾い集め、袋に放り込んでいった。

……器用なことをするなぁ。

「くりすてあー、へんなのがいるよ？　これってまものかな？」

「えっ⁉」

魔物と聞いて真白のほうを見ると、素手で足元にいる何かをつんつんとつついていた。

真白ー！　魔物かと言いながらつつくとか、本当に怖いもの知らずなんだからっ！

私は慌てて真白の足元を覗き込む。

「……なんだ。多分それは魔物じゃないわ」

真白の足元に転がっていたそれは……ナマコだった。

「いやだ、何それ？　そんなに気味悪いのに、魔物じゃないの？」

近くで魚を拾っていたティリエさんが、ナマコのグロテスクな姿を見て顔をしかめる。

「魔物ではないと思います。多分、食べられると……黒銀、これは魔物じゃないわよね？」

ここはやっぱり黒銀の鑑定スキルで見てもらわないと。

「どれ？　……主《あるじ》よ、鑑定では食べられるとあるが……これだけの魚があるのだ。わざわざこのようなものを食べずともよかろう」

黒銀の鑑定で食べられると判定が出たということは、おそらくナマコで間違いないだろう。よく見たら、赤ナマコと青ナマコが点々と落ちている。

……これ、酢の物にして食べると美味しいんだよね。

それに、ナマコの腸を塩辛にすれば高級珍味であるコノワタになるから、お父様たちが食べたらきっとハマるはず。

「真白、黒銀！　ここにあるの全部、この袋に入れてちょうだい！」

「なっ！　ちょ、ちょっとクリステアちゃん⁉　こんなに気持ち悪そうなものを集めるの？　ま、まさか食べる気だなんて言わないわよね⁉」

ティリエさんが信じられない！　という表情で私を見つめる。

ええ、そのまさかですが？

騒ぎを聞きつけたお父様たちが、ナマコを手づかみで集める私を見て驚愕《きょうがく》する。

「ク、クリステア⁉　そ、その薄気味悪いものを手から離すんだ。な？」

お父様が震える声で言い聞かせる。

「え、でもお父様、これは……」

ナマコを手にしたまま振り向くと、お父様は『ヒッ』と言わんばかりにあとずさった。

……お父様、こういうの苦手なのかしら。

思わぬところでお父様の弱点を知ってしまったかも。

「でもこれ、加工すればいい酒の肴《さかな》になるはずなのですが……」

これだけあれば、たくさんは無理だけど、コノワタだって作れるんだけどな。

「なんじゃと⁉　これが酒の肴《さかな》にか⁉　よし！　こいつはわしに任せるがええ。ティリエにスチュワードよ、おぬしらは向こうで魚を拾っとれ！」

ガルバノおじさまは、ナマコが酒の肴《さかな》になるとわかると、お父様たちをナマコがあまりいない一角へと追いやり、嬉々としてナマコを拾いはじめた。あっ、スチュワードっていうのは、お父様の名前ね。

ガルバノおじさまったら、酒好きなドワーフなだけあるわね。ブレないなぁ……

私たちは半刻ほどせっせと魚介類を拾い集めた。

あらかた拾い終えたところで昼時になったので、今回の漁はこれで終了。

予定では、お昼ごはんは港町で屋台飯《やたいめし》でも……と思っていたのだけれど、ティリエさんたちがついてきてしまったので、無駄に目立ちそうだと思い、断念することにした。

とはいえ、せっかくここまで来たことだし、セイレーンくんも誘って浜辺で昼食をとることにする。

お父様たちに焚き木《たぎ》用の乾いた流木や木の枝を探してもらう間に、私は料理の下ごしらえだ。先程作っておいた竈《かまど》にインベントリから大きな鍋を取り出してセットし、水魔法で水を生み出して鍋に注いだ。さて、竈《かまど》に火を入れて……

いくつか魚を選んでインベントリから取り出し、下処理を済ませたあと、水魔法でさっと洗って生姜《しょうが》と一緒に鍋に投下する。それから、大根、にんじん、きのこなどの、根菜を中心とした野菜を取り出し、食べやすい大きさに切っていく。

それらも鍋に投下し、浮いてくるアクをすくいながらコトコト煮込んでいった。

野菜に火が通ったのを確認したら、鍋の中へお味噌を投入。それからネギを加えて少し煮込む。

「……うん、いいお味」

味見をすると、お魚ときのこからしっかり旨味が抽出されていて美味しかった。

「完成しました！　漁師汁です」

そう、作ったのは漁師汁。漁師のまかない汁とも呼ばれるけれど、要は魚のアラや野菜などを煮込んだお味噌汁ってとこかな。

今日はアラではなく小さい魚をそのまま使った形だ。

あとはインベントリに備蓄しているおにぎりや卵焼きなどを大皿に盛り、準備完了。

「待ってました！　ああ、温か～い……冷えた身体に染みるわぁ……」

ティリエさんが漁師汁の入ったお椀を両手でしっかりと持ち、ひと口飲んでしみじみと言った。

海風で芯まで冷えた身体に、熱々の漁師汁。うんうん、たまらないよねぇ。

私もまずは汁から口にする。喉から食道を伝い、胃の腑《ふ》へと落ちていく漁師汁に、寒さでこわ

ばった身体がほんの少しほわぁ……と緩むのを感じる。ふわぁ、幸せ……

「うむ、これはいい。食べ進めるうちに身体が温まってきた……ふう、むしろ暑いほどだ」

お父様は襟元をパタパタと引っ張り、風を身体に送り込むような仕草をしている。

臭《くさ》み消しも兼ねて入れた生姜《しょうが》がいい仕事してるわ。私も身体がポカポカしてきたもの。

「こりゃええわい。だが、美味《うま》い飯に酒がないのは残念じゃ。これだと何の酒が合うんかのぉ……」

……ガルバノおじさまはこんな時でも料理に合うお酒を考えている。

うーん、あえて味噌汁に合わせるのなら、やはり日本酒によく似たヤハトゥール酒だと思うのだけど、ここで教えたら酒盛りが始まりそうなので黙っておこう……

「くりすてあ、ぽかぽかしておいしいね！」

「うむ。簡単に作ったように見えたのに、こんなに美味《うま》いとはな」

真白や黒銀にも漁師汁は好評みたい。あっ、黒銀ったら、汁におにぎりを投下して食べてる。お行儀悪いけど、美味しそう……うう、今度こっそりやってみよう。

「あひゅいへど、おひひい……おいひい……」

人型に変化し浜辺に上がってきたセイレーンくんは、汁を飲んではおにぎりをほおばり、呑み込んだかと思えば卵焼きを食べ……と食べるのに忙しそうだった。どうやら皆の食べるペースが速くて、次々になくなっていくから焦っているみたいだ。そこで私は取り皿を出し、おにぎりやおかずをいくつか盛り付けてセイレーンくんに渡す。すると彼はホッとした様子で、ゆっくりと食べ始めた。早く気づいてあげたらよかったね。

「温かい食べ物は初めて食べたけど美味しいね！　でも、熱すぎて食べるのが大変だよぉ……」

確かに、セイレーンくんのお椀を見るとちょびっとしか減ってない。熱すぎて食べられないのか……

「お父様、セイレーンさんのお椀の汁を少しだけ冷ましてあげていただけませんか？」

氷魔法が使えるお父様に冷気で少し冷ましてもらおうという作戦だ。私や真白も氷魔法は使えるけれど、お椀ごと凍らせそうなので、ここはお父様の熟練の技でなんとかしていただこう。

「うん？　どれ、貸してみなさい」

私はセイレーンくんからお椀を受け取り、お父様に手渡す。お父様がお椀に手をかざすと、一瞬ひやりとした気配がして、お椀から湯気が消えた。

お椀を受け取るとまだほんのり温かいといった程度まで冷めていた。おお、さすが。

「お父様、ありがとうございます。はい、どうぞ」

セイレーンくんに手渡すと、嬉しそうにコクリと飲んだ。

「あっ飲みやすくなった！　ありがとう、おじさん！」

セイレーンくんは嬉しそうにお父様に礼を言う。

「お……っ、おじ、さん？」

お父様が絶句した。そういえば、お父様がおじさんなんて呼ばれるのは初めて聞いたかも。

「ブフッ！」

ティリエさんは、漁師汁を噴き出しそうになりながらもなんとか堪《こら》えた。あぶないなぁ……

「おお、お前さんもついにおじさんと呼ばれるようになったか。時の経つのは早いのう」

ガルバノおじさまは、にやにやしながらお父様をからかう。

「……まあ、娘がこれだけ大きくなればな。事実だが、そう呼ばれることなどないので新鮮ではある」

お父様はゴホン、と咳払いをして動揺したのを誤魔化しているみたい。

確かに、お父様に向かって『おじさん』と呼びかける者などいないだろうから、びっくりしたんだろうな。

「……変なこと言っちゃった？　本当は何て呼んだらよかったのかな？」

セイレーンくんは皆の様子に戸惑っている。

「いや、構わん。普段そのように呼ばれることがないから驚いただけだ」

さすがに若い子におじさん呼ばわりされて動揺したとは言えないわよね。

……って、セイレーンくんはいくつなのかな？　案外お父様より歳上だったりして。


漁師汁を堪能したあとは、お父様たちが仕事に戻らなければならないと言うので、残念ながら屋敷に帰ることになった。

ああ……屋台も楽しみたかったなぁ。

次は絶対に保護者なしで来よう、と固く誓いながら追い込み漁に使用した海中の壁を元に戻す。

「ええ～？　もしかして、もう帰っちゃうの!?」

セイレーンくんは不満げだ。私だって残れるものなら残りたい。だけど、保護者を連れて帰らなきゃいけないからね……

「ごめんなさいね。また来るから……あ、でも春になる前に王都へ行くことになったからあまりたびたびは来られなくなるかもしれないわ」

王都に行くと学園があるからなぁ。頻繁に来るのは難しそう。

「ええーっ！　そんなぁ！　それじゃ、お菓子食べられなくなっちゃうの……？」

あうぅ、セイレーンくんにうるっとしながらそう言われちゃうと罪悪感が……！

美少女……じゃない、美少年のうるうる顔の破壊力、半端ない！　笑顔の時も思ったけれど、これに抗《あらが》えるとしたら黒銀と真白くらいじゃないのかしら？

「夏には遊びに来るから、その時はまた手伝ってちょうだい。ね？」

「……うん、絶対来てね？」

さみしそうに再会を願うセイレーンくんにどら焼きを渡し、私たちは屋敷へ戻ったのだった。

お父様の執務室に転移すると、お父様たちはソファにどっかりと座り込んだ。

「はぁ……転移陣を使って転移したことはあるけど……転移陣なしで転移するのってドキドキするわね」

ティリエさんは、ため息まじりに言った。

そうかしら？　別にドキドキする要素なんてないと思うけど……

「うむ。転移陣は行き先が決まっているが、転移魔法はどこへ連れていかれるかわからん不安感があるな」

お父様は、普段から気軽に転移陣で王都と屋敷を行き来しているから転移魔法なんてへっちゃらかと思いきや、なるほど、行き先がわからない不安感ねぇ。

転移魔法を使う当の私たちは行き先を思い浮かべて移動するから、そんな気持ちになるなんて思いもしなかったわ。

「転移っちゅうのは楽だが、今ひとつ現実味がないのう。ついさっきまで海におったなんて信じられんわい」

ガルバノおじさまは、ほおをつねる代わりにお髭《ひげ》をグイグイと引っ張っている。

確かに、遠距離を一瞬で移動したって実感が湧かないかもしれないわね。

私だって今でこそ慣れっこだけど、転移魔法を初めて使った時は『え？　本当に転移したの？』って思ったもの。

「ふむ、これもまた貴重な体験ということだな。さあ、お前たちはもう帰れ！　今日の仕事があるだろう」

「あん、もう！　そんなにすぐ追い出さなくてもいいじゃないの。まあ、確かに仕事はあるけど……」

ティリエさんはお父様に急かされ、ブツブツ言いながら席を立った。

「わしゃ別に仕事は好きな時にやるからええんじゃが、ティリエが帰るなら一緒に帰るとしようかの」

ガルバノおじさまも「よっこらせ」と席を立ち、ティリエさんに続いて執務室を出る。

私は慌ててあとを追うと、手土産《てみやげ》にお菓子を渡し、またお魚料理を作ったらお裾分けをすると約束して二人を見送ったのだった。

その後、真白と黒銀を伴って自室へ戻る。

「あーあ、もう少しゆっくりしたかったなぁ。今度行く時にはお父様抜きで……」

『……ずいぶんゆっくりとしたお帰りじゃないか』

「……え？」

『大層楽しんだようだけど、もちろんアタシに土産《みやげ》はあるんだろうね？』

「か……輝夜」

ま……まずい。すっかり輝夜の存在を忘れていた。

今度は一緒に海に行こうねと言っておきながら、置いていってしまったのだ……

ズゴゴゴゴ……と負のオーラを漂わせる輝夜に平謝りする。

「ご、ごめんね。輝夜……」

『いい匂いをさせちゃってまあ。アタシ抜きでさぞかし美味《うま》いモンをたらふく食ってきたんだろうさ』

「かーぐーやー！　ごめんってばぁ！」

『フン！』

結局、すっかり機嫌を損ねてしまった輝夜に、豪華活《い》け造《づく》りをごちそうする羽目になったのだった。

ああ、輝夜の機嫌が戻ってよかったけれど、シマアジのお造り、私も食べたかったなあぁ……！　輝夜ったら一切れもわけてくれないんだもの。

今度、今度こそ連れていくからね、輝夜あぁ！

輝夜の機嫌を取ったあと、大量に確保した海の幸をシンに手伝ってもらいながら処理していく。

一夜干しなどの干物や西京漬けといった、時間をかけないといけないものから処理をして、煮魚、焼き魚に使うものは下ごしらえした状態のものと調理したものの両方をインベントリに収納した。

調理済みの分はもうじき王都へ移るセイたちに持たせるためだ。

「そうそう、寄せ鍋も作っておかなくちゃ」

私はインベントリから出し汁と鍋を取り出し、醤油《しょうゆ》やみりん、お酒を加えて火にかけた。

白菜の代わりとしてキャベツを使うことにする。芯は小さめ、葉は大きめにカットし、ネギは斜め切り、にんじんは薄切りにして固茹でにしておく。散策中に採取し下処理した状態でストックしておいたキノコ類をインベントリから取り出したあと、白身魚や鶏肉をひと口大にカット。別の鍋に沸かしておいたお湯にお魚とお肉をさっと通して臭みをとる。

次に土鍋を数個取り出して具材を盛り付け、調味料を加えた出し汁をそれぞれに注いで火にかけた。

全ての具材に火が通ったところで火を止めてインベントリに収納。

うん、これであったかお鍋がすぐに食べられるわね。

あらかた調理が終わったところで、アレの処理に着手することにした。

アレとは……そう、ナマコだ。

ナマコがお酒に合うと知ったガルバノおじさまが、嬉々として集めてくれたおかげで、袋いっぱいになった。

ナマコは生きたままだとインベントリに入れられないし、冷凍もちょっと……それに、あれだけの量はさすがに処理しきれないから、ある程度間引いて海水を入れた小さな樽に入れて持ち帰ったんだけど……

「うわあっ！　なんだそれ⁉　魔物か⁉」

シンは樽の中のナマコを見た瞬間、飛び退《の》いて、それ以上近づこうとしなかった。料理長なんて、悲鳴をあげながら調理場から出ていってしまった。

「魔物じゃないわよ。ナマコっていう海の生き物なんだけど……コリコリしてて美味しいわよ？」

シンは失礼にも、樽から手づかみでナマコを取り出した私に信じられないものでも見るような目を向けてくる。

私はシンに構わず、ナマコの処理にかかった。

まずはナマコの両端を切り落とし、ワタを抜く。ワタはあとで処理をするとして、とりあえず身のほうのぬめりをとりましょうか。

やわらかい腹側から切り込みを入れて、内側の筋のようなものをきれいにこそぎ取り、中に塩を入れたらザルをかぶせて、まな板の上をすべらせるようにぐるぐるシャッフル！　そうするとぬめりとかが取れるんだよね。

そうしたら水洗いし、スライスして合わせ酢に漬けて完成。

それから、取っておいたワタにとりかかる。黄色っぽいのは卵巣で、これを干せばいわゆるクチコという珍味になる。でもそれほどたくさんあるわけじゃないから、今回はコノワタを作る時にまぜてしまおうっと。

泥の詰まった腸管がコノワタになるんだけど、この泥をとるのが面倒なのよね。

包丁の先を使ってちまちまと処理をして、きれいにしたそれと卵巣を合わせて甕《かめ》に入れ、同量の塩を振り入れ、一晩寝かせれば塩辛……前世では高級珍味と言われたコノワタの完成だ。

「ふう、やっと処理が終わったわね」

やれやれとばかりに片付けをはじめると、それまで遠巻きに見ていたシンが恐る恐る近づいてくる。

「お、おい。今の、本当に食べる気か!?」

「当たり前じゃない。食べられないものをわざわざ料理しないわよ？」

コノワタの入った甕《かめ》に『開封厳禁』と書いたハギレを巻いて封をし、冷蔵室へ保管する。

酢の物は夕食にでも出してみようか……お母様が見たら卒倒するかしら？

でも元の姿はわからないし、大丈夫かも……いや、やめとこう。これはガルバノおじさまにヤハトゥール酒と一緒に食べていただくことにしよう。

私はインベントリに酢の物を収納して、自室に戻った。

調理場の外で様子を窺《うかが》っていた料理長は、私が出てくると飛び退《の》いた。もう、失礼しちゃう。

……そんなにナマコって、こわい見た目をしているのかしらね。私はもう食材としか思えないからなんとも思わないんだけどな。

うーん、こうして考えてみると、やはり前世の先人は偉大だったのね。あのグロテスクな生き物をどうにかして食べようとするどころか、高級珍味まで作り出すんだから……

その後、ガルバノおじさまに絶賛され、自分が先人と同じように尊敬される未来など想像もしなかった私は、自室で真白たちを存分にもふもふするのだった。

# 第五章　転生令嬢は、王都行きの準備をする。

「そろそろ王都へ向かわねばならんな」

我が家の応接間《サロン》で午後のお茶を楽しんでいたセイが、ふとそうもらした。

「えっ、もう？」

日に日に寒さが緩みはじめているとはいえ、春はまだ先の話だ。学園の入学式に備えるには早いと思うのだけれど……

「ああ、あちらでの拠点の準備ができたそうだから、環境に慣れるためにも早めに移動しようと思ってな。クリステア嬢のすすめに従って移動も陸路で行くつもりだ」

「そう……」

そうかぁ、さみしくなるなあ。

同じ学園に入学するとはいえ、私たちは本来接点がないはずだから、学園内で親しげにするわけにはいかない。

ましてやセイは今でこそ女《じょ》そ……もとい、変装をしているけれど、学園では男子生徒の上、留学生という立場だものね。

そういえば「おセイちゃん」姿も見納めになるのねぇ。そう考えると感慨深い。

じっと着物姿を見つめる私に、セイが不機嫌そうに言った。

「……少しだが背も伸びてきたから、この格好をするには限界がある。なんなら、この着物はクリステア嬢に譲ろうか？」

「えっ！　いや、そういうつもりで見ていたわけじゃないから！　それに、そんな貴重な品を譲っていただくわけにはいかないわ。きっと高く売れると思うし、いざという時のために持っておいたほうがいいと思うわよ」

セイの着物は素人目《しろうとめ》にも素晴らしいものだ。ただの布でさえ貴重なこの世界では、美しい染色や刺繍《ししゅう》が施《ほどこ》された布は高値で取引されるのだ。

これだけ美しいのだから、ヤハトゥールではどうかわからないけれど、ドリスタン王国では古着としてではなく、美術品扱いで売れるはず。

だから、お金に困った時のために持っておくといいと思う。そう伝えるとセイは苦笑した。

「贅沢《ぜいたく》をするつもりはないから、金に困ることはないと思うが、まあクリステア嬢がそう言うのなら持っておくとしよう」

うんうん。いざという時の備えは必要よ。

ああ、そうだ。しばらく会えないのであれば、今のうちに食べ物を渡しておかなくちゃ。

そう考えた私は、備蓄していた料理の数々を白虎様たちに分担して預かっていただくことにした……のだけれど、白虎様が「親子丼やトンカツは俺が預かる！」と主張したり、朱雀様が「ならば私はプリンや茶碗蒸しを預かりますわ！」と言って聞かないので、大半を青龍様に預けることとなったのだ。あの二人に好物を預けたら、いつのまにか食べ尽くしちゃいそうなんだもの。仕方ないわよね。

残りは玄武様に預かっていただいた。玄武様には「え、面倒……」と言われたけれど、玄武様リクエストの羊羹《ようかん》を報酬として渡すことでなんとかご了承いただいた。

玄武様と青龍様はつまみ食いなんてしないだろうからこれで安心だ。

青龍様曰《いわ》く「一人で食べ尽くしたら白虎や朱雀が黙っていないだろうから、その面倒を考えれば玄武はしない。無論、私もです」とのこと。面倒くさがりゆえの自制か……

とにかく無事預けられたので安心して送り出せるわ。

「すまんな。こやつらもこれで道中おとなしくしてくれるだろう。助かる」

セイが苦笑しつつ礼を言う。

「なあ、お嬢はいつ王都に行くんだ？」

白虎様に問われ、思案する。

「まだ決めていないのですけど……」

マリエルちゃんに会いたいし、私も早めに王都へ向かってもいいかもしれない。

「王都に着いたらバステア商会の支店に来るといい。品揃えをこちらと変わりないように充実させたそうだから」

「本当？　よかった、楽しみだわ」

「ああ、王都でもたくさん買うといい」

セイは世話になっているバステア商会に恩を感じているようで、私に食費がわりに食材を提供してくれる以外にも、「こんな商品が入荷した」「こんな商品があるのだが、この国ではどう売るといいだろうか」と宣伝や販促に熱心だった。

正直、ヤハトゥールの食品や美術品は独特なため、ここドリスタン王国ではまだまだ浸透していない。おそらく、他国でも同様だろう。セイはヤハトゥールの発展のために輸出産業の柱になる品はどんなものか、現地滞在の強みを生かして調査しているようだった。

私としては美味しいものがヤハトゥールからたくさんもたらされるのは大歓迎なので、質問にはできる限り真剣に、私なりの考えを伝えている。

美味しいものに国境はない。いや、あってはいけないのだ！

お茶会をして数日後、「セイが王都へ出立した」と我が家へ納品にやってきたバステア商会の使いの者が教えてくれた。

本人から予《あらかじ》め聞いていたけれど、報告を受けてから出立まではあっという間だった。

結局、商会の荷物を王都へ運ぶ馬車の護衛をしつつ、向かうそうだ。

確かに、白虎様たちならどんな魔物や盗賊だろうと瞬殺だから最強の護衛だよね。

セイは律儀だから、バステア商会への恩返しのつもりで同行することを決めたのだろう。

仮に国から追手が来ても、返り討ちにしちゃうはずだし。

私は前世の記憶が戻るまで友人などいなかったぼっちなので、セイがいなくなると、すっかり手持ち無沙汰になってしまった。

日中なんとなくヒマそうにしている私を気遣ってか、真白や黒銀は私を散策に誘ったり、ブラッシングを頻繁におねだりしたりした。まあ、いつもどおりといえばそうなんだけれど。

私はもふもふで癒《いや》されつつ、皆に気を遣わせてダメな主《あるじ》だなぁと反省し、お詫びの気持ちを込めて殊更丁寧にブラッシングすることにした。

「……私もそろそろ王都へ向かったほうがいいのかもしれないわね」

私は自室で真白をブラッシングしながら、ぽそりと呟いた。

いつもセイと一緒だったわけではないけれど、何かと会うことが多かったし、賑やかな白虎様たちがいないのはやっぱりさみしい。

王都にはマリエルちゃんもいることだし、少し早めに王都へ移動してマリエルちゃんに街を案内してもらうのもいいかもしれないじゃない？

『くりすてあ、せいがいなくなってさみしい？』

「……そうね、ちょっぴりさみしいかな」

前世の記憶を頼りに作った料理を、前世の日本に似ていると思われるヤハトゥールからの来訪者の皆が「懐かしい」「美味しい」と言って食べてくれるのは本当に嬉しかった。

もちろん、屋敷の皆も美味しいと言って喜んでくれるけれど、それは食べたことのない、未知の美味しさだからだろうし。

私の前世の故郷の味を「懐かしい」と喜んでくれるセイたちの存在は、かなり貴重だったんだなぁ……と改めて感じた。

ヤハトゥールと前世の日本の文化が全く同じではないことは、セイと話すうちにわかったけれど、私の作る料理が〝懐かしい、故郷を感じさせるもの〟だという感覚を共有できる存在は、私の中では結構大きかったみたい。

学園生活が始まれば、セイたちとあまり交流できなくなるだろう。でも、白虎様たちを通じて、できるだけ差し入れするつもり。

世継ぎ問題が落ち着くまでは故郷へ帰れないであろうセイたちの慰《なぐさ》めに、少しでもなればいいなと思っているから。

私の場合、王都に同じ前世持ちのマリエルちゃんがいることだし、学園生活もさみしくないだろう。だから、せめて故郷の味でセイを陰ながら応援しようと思ったのだ。

「王都に行ったら、マリエルちゃんに街を案内してもらいましょう。新年の時は屋敷と王宮しか行けなかったから、王都の市場に行くのが楽しみなのよね」

『マリエル？　……ああ、あの小娘か。少々挙動不審なのが気になるが……主《あるじ》の友人ならばついでに護衛してやるとしよう』

『あー、あのこかぁ。ちょっとへんなこだよね？』

こらこら、マリエルちゃんを不審者や変人扱いしちゃだめでしょ……

そりゃあ、マリエルちゃんの前世はいわゆる「腐女子」だけど。

「前世からの妄想癖」で、「あなたたち二人の変な妄想」をさせたりしないから、一緒に守ってあげてよね？


「早めに王都へ移りたい、だと？」

私は夕食の席で、お父様に王都行きをお願いした。

「ええ。学園に入学するまであと少しでしょう？　私は王都で暮らしたことがありませんし、早めに王都入りして環境に慣れておくといいかなと思いましたの」

私はお父様に笑顔で理由を告げる。

本来なら、貴族の子女は入学する前に父親の派閥のご家族と交流を持って、王都に慣れるとともに友人という名の取り巻きを作っておくのだそうだ。

だけど私が欲しいのは友人であって、取り巻きなんぞではない。だから早めに行っても、そういうことをするつもりはなかった。幸い、転生仲間のマリエルちゃんという心強い友人ができたから、ぼっちは回避できた……と思う。

それ以外に不安があるとすれば、王都でまともに過ごしたことがないので、流行《はや》りや「王都あるある」の話題に疎《うと》いってこと。

学園での女子トークで「何処《どこ》そこの何とかが流行《はや》っていますわね」とか「彼処《あそこ》のお菓子は絶品ですわ」とか、そういう話題についていけないに違いない。

情報や流行《はや》りの最先端をいかなくてはならない貴族がそれではまずい。だからそれを回避するためにも、マリエルちゃんから王都の流行を伝授していただかねば、だよね。

「ふん、大方暖かくなったことだし、市場なり商会なりに行こうとしているのだろうが」

すっ、鋭い！　お父様の勘の良さが怖い……！

図星を指されて固まってしまった私に、お父様は嘆息した。

「バステア商会から王都の支店が移転拡充し、王都でも本店と同様の品を用意できるようになったと、料理長を通じて案内があったそうだな。ヤハトゥールの食材確保に対する不安がなくなった其方《そなた》が次に考えそうなことなどすぐわかる」

んん？　確かにそのことについては嬉しいけれど……

「新作のための新たな食材探しが目的だろう？」

お父様は「お見通しだ！」と言わんばかりの表情だ。

そりゃまあ、新たな食材に出会えたらいいなとは思うけれど、私ってそこまで食欲の権化《ごんげ》に見えるのかしら……

「え、ええと、別にそれだけが目的というわけではないと申しますか……」

ちょっぴり落ち込みながらどう反論すべきか悩み、言い淀んでいると、それまで静観していたお母様が口を開いた。

「ねえあなた、クリステアが早く王都に慣れたいと思うのは良いことではありませんか。ちょうど制服などの仮縫いの試着もしなければならないと思っておりましたし」

えっ？　ああ、アデリア学園には制服があったんだった。

でも、仮縫い……って、制服なんて既製服なんじゃないの？

そう一瞬思ったけれど、そういえばこの世界ではフルオーダーメイドが主だっけ。あとは基本パターンが決まっていて、その中から好みのデザインを指定して生地やサイズを選んで作ってもらうセミオーダーみたいなのか、さもなければ古着屋さんで古着を購入するらしい。

貴族はフルオーダーが基本で、懐《ふところ》具合が厳しい下級貴族から商人などの裕福な平民がセミオーダー、その他の平民は古着を購入してリメイクしたり、継ぎを当てたりしながら大事に着るみたい。

制服だからデザインは一緒よね。ってことは、セミオーダーなのかしら。前世みたいに既製品なんてないものね。

ちなみに、平民の生徒は卒業生から学園に寄付された制服を格安で購入するか、レンタルするのだと後日マリエルちゃんから教わった。

「公爵令嬢という立場にふさわしい生地や装飾を頼んでおいたから、試着してしっかり調整しないといけないわ」

「……？　お母様、装飾って何ですの？」

生地はまあ、わかる。いい生地で作ると、明らかに違うものね。

でも装飾って何⁉

「基本の型では平民と同じで格下に見られますからね。生地は最高級のものを使い、レースやフリルをふんだんにつけ、それでいて品良く。そうやって他と差をつけなくてはいけないわ。ちゃんとオーダーどおりできているといいのだけれど……」

……まさかの制服カスタマイズ⁉

ちょ、ちょっと待って？　新入生がそんなことしたら、前世では「あの子、生意気じゃない？」といじめられるパターンじゃないの。そんなのやだー！

私は目立たず騒がず、楽しい学園生活を送りたいんだから！

こ、これは早く王都へ向かって、シンプルな制服に戻していただくよう説得しないと。

うわあ、領地でのんびりしている場合じゃなかったー！

こうして私の熱意ある（？）説得とお母様の思惑《おもわく》により、王都行きを早めることが決定した。

とはいえ、領地からそれなりに持っていくものがあるから荷をまとめないといけないし、私付きの使用人も王都の屋敷に異動になるため、その準備が必要とのことで出発はもう少し先になるみたい。

私の王都行きについていくのは、侍女のミリアと料理人のシンと護衛が数名。あとは王都にいる使用人で事足りるというか、王都のほうが人材は充実しているし、学園にいる間は寮生活になるため、さほど人員は必要ないとのこと。

ミリアは私のことを熟知しているし、聖獣である真白や黒銀の対応にも慣れているから当然の人選だよね。

シンは……私の新作レシピをまとめ、定期的に領地の館へ伝える係として派遣されるらしい。料理長の異動は幸い……いや、残念ながら受理されなかった模様。いやー残念残念。ほんっとに残念だけど、領地の館で頑張ってほしい。

しかし、料理長ったら、残留に納得してたかと思ったのに異動願いを出すなんて、まだ諦めてなかったのね……

はあ、長期休暇で領地に帰った時に、料理長につきまとわれそうで今から恐ろしい……

「それにしても、制服の件は困ったわ……お母様ったら、王都から帰る時にはそんなこと何も言ってなかったのに」

自室に戻った私はソファでくつろぎながら独りごちた。

お母様のことだ、わざと黙っていたに違いない。前世の記憶が戻ってからというもの、私は華美なものより実用性を重視したものを選びがちだ。そのため「着飾らせる楽しみがない」とお母様がこぼしていたらしい。

前世は地味な見た目だったから、ゴテゴテに着飾っても似合わないし……とシンプルな服を好んで着ていた。そのせいか、若くてそれなりに可愛い見た目に転生したにもかかわらず、派手に着飾るのはなんだか気恥ずかしくてできないんだよねぇ。

それに、フリルやレースたっぷりのお洋服では料理しづらいからね。

あ、もちろんおめかしが嫌だってわけじゃないのよ？　素敵なドレスや可愛い髪型はそれだけで気分が上がるもの。

……コルセットがなければもっといいんだけどね。うん。

「王都でドレスの仮縫いの際に、奥様と仕立て屋が打ち合わせをなさっていましたよ？」

現実逃避を始めた私を引き戻すかのように、ミリアが紅茶を淹《い》れながら言う。

「えっ！　そうなの!?」

「ええ、確かあの時クリステア様はコルセットで締め上げられるのを必死に耐えていらっしゃいましたから、お気づきではなかったかもしれませんね」

……お、おのれコルセットめ。ヤツと格闘していた時にそんな大事な話をしていた、だと……!?

「私が着る制服なのに、私の希望が取り入れられないだなんて、酷いと思わない？」

ミリアが淹《い》れてくれた紅茶を飲みつつ愚痴《ぐち》ると、ミリアは苦笑しながらも答える。

「そうですねぇ……クリステア様はあまり装飾を好まれませんが、お立場上、少しは華美にする必要がございますし」

えっ？　制服のカスタマイズが必要って、なぜ!?

腑《ふ》に落ちない様子の私を見て、ミリアが説明を続ける。

「学園では、生徒は平等であるという理念を掲げておりますが、やはり年齢的にもまだまだ未熟な方々が集まる場ですから、どうしても身分を笠に着る方もいらっしゃいます」

まあ、確かに。その中に平民の生徒もまざるわけだから、貴族の子の中には見下す者もいるだろう。高位貴族と低位貴族との身分差だってある。

「ですから、そういった摩擦を減らすために、貴族側がそれとわかるように華美な装飾をつけるのを学園側が黙認しているわけです」

……要するに、猫に鈴をつけているようなもの？　お金がかかってそうな格好をしていればその子は貴族だから、予《あらかじ》め失礼な態度を取らないように気をつけられるって？

実際は貴族のためじゃなくて、平民のための対策ってこと、かな？

「……でも、それでは貴族と平民は仲良くできないいんじゃないのかしら」

「そもそも、貴族のご子息やご令嬢は、自分より身分が低い者や平民と仲良くするという考えがあまりございませんから……」

「そんな……」

「ですから、華美になるのは仕方ないことだと思いますよ」

と、ミリアはさみしそうに笑った。

ミリアは子爵家の出身と聞いているけれど、もしかしたら身分のことで嫌な思いをしたのかもしれない。

ミリアの魔力量はさほど多くなく、学園は初等部の課程を修了したところで我が家に侍女として入ってきたと聞いたような覚えがあるし……

「クリステア様は貴族の中でも特に高位にあたるエリスフィード家のご令嬢ですもの。それなりの格好でなければ、周囲も納得しないいんじゃないでしょうか」

「えええ……？」

それって、誰よりもゴテゴテに着飾れってこと？

ないわー、それはないわー……そんなんじゃ誰も近寄ってこないじゃないか。

『わたくし、身分が高いのですから近寄らないでくださる？』って喧伝《けんでん》してるようなもんだよね？

どんだけ上から目線なのよ！

友達百人どころか、ぼっち確定⁉

いや、マリエルちゃんがいるから一人じゃない……よね？　多分。

平民の友達も作って、下町グルメとか教えてもらったりできると思ってたのに……いかん、このままではいかん。対策を練らなくては！

# 第六章　転生令嬢は、王都へ向けて出発する。

王都行きが決まってから、出立までの間はとにかく準備に追われた。

燻製《くんせい》工房の職人たちに向けて、今後燻製《くんせい》にしてほしい食材のリストを作ったり、燻製《くんせい》レシピを料理長に伝え、冒険者ギルドに併設している酒場のメニューとして使えそうなものは調理指導付きで売るように手配したりした。

私は普通に売っても構わなかったのだけど、お父様から付加価値付きで売るように厳命されたのだ。なんでも「公爵家の料理長お墨付き」として、酒場の看板メニューにするそうだ。

……別に普通に販売しても売れると思うんだけどなぁ。

銀狼族のアッシュは、無事我が家の燻製《くんせい》工房で職人見習いとして働きはじめた。

真面目な性格と獣人特有の鍛えられた肉体を持つアッシュは、館の誰よりも力持ちで疲れ知らず、しかも骨惜しみせずよく働くと職人たちに気に入られ、今ではすっかり馴染《なじ》んでいるようだ。

私は推薦者として彼の仕事ぶりを見届ける義務があると思い、出立前に燻製《くんせい》工房へ様子を見に行くことにした。

……決して仕事のストレスで、素敵なもふもふ尻尾やお耳の毛艶《けづや》が悪くなってないか心配して確認しておこうとか、そういうんじゃないよ?

元斥候《せっこう》だったアッシュに気づかれないように工房の裏手に転移し、窓からこっそり中を覗くと、彼は職人たちと一緒に和気藹々《わきあいあい》と仕事をしていた。

作業しながら何を話しているのか、時折皆で大笑いしたりして楽しそう。

うん、仲良くやれているみたいでよかった。

工房の職人たちに紹介した時のアッシュは緊張でガッチガチだったし、職人たちも獣人と同じ職場で働くなんて初めてのことで戸惑っていたから、こんなんで上手くやっていけるのかって密かに心配していたけれど、大丈夫そうね。

そうそう、これなら心配しなくていいと思うけれど、毛艶《けづや》も問題ないかな……あれ？　見えない!?

アッシュはキャスケット帽をすっぽりと被って耳を覆《おお》い隠し、尻尾はギャルソンエプロンをぐるぐると巻きつけるようにして隠していた。

……そうだった。私が「食品を扱う場では抜け毛厳禁！」と渡したんだった。

愛用してくれているようで、よかったよ……ああ、もふもふ尻尾……

残念に思っていると、アッシュが急にビクッとして、バッとこちらを振り向いた。

やばっ、気づかれた！　……て、あれ？　なんでそんなに怯えてるの？

「……やはり彼奴《あやつ》を主《あるじ》の近くに置くべきではなかったな」

「くりすてあ、うわき……？」

「っ!?　く、黒銀、真白……」

いつの間に背後に……!?　二人とも不機嫌な顔をしてアッシュを睨んでいる。

かわいそうに、アッシュは顔面蒼白になって震えていた。

やば……私がアッシュを気にかけると独占欲丸出しで嫉妬するもんだから、工房には近づかないようにしていたのに。

ちょっと様子を見るだけですぐ戻るんだし……と思って二人を置いてきたのが裏目に出てしまった。

「う、浮気とか、そんなわけないじゃない……や、やあねぇ……あは」

なんで私が浮気現場を押さえられたみたいな雰囲気になってるのよぉ!?

まずい、このままではアッシュが二人によって強制排除されてしまう……!

そう危惧した私はその後、二人の気が済むまでブラッシングする羽目になったのだった……

何はともあれ、そんなこんなで職人が増え、ガルバノおじさまの協力によって燻製《くんせい》小屋も増築された。一通り増産体制が整ったのでひとまず安心と言えよう。

とはいえ、メインの材料であるオークが獲れないとベーコンが作れなくなっちゃうから、エリスフィード領の冒険者ギルドではオークの討伐及びオーク肉の納品が常設依頼になったそうだ。

オークは私のインベントリにまだ在庫があるから、足りない時は少しずつ黒銀経由で納品するとティリエさんと約束した。

そうすることで、冒険者として登録している黒銀の実績ポイントにしてくれるんですって。

それ以外は私の護衛任務をしていることにして、いざという時にティリエさんの指名依頼を受ければいいってことになっている。指名依頼なんて滅多にしないということなので、基本的には今までどおりでいいみたい。

とはいえ、黒銀と真白は、私が勉強やレッスンをしている時間を利用して、定期的に狩りに出かけている。それらの成果物も、食材として使う分以外はギルドに納品したらいいかなと考えている。

とにかく、燻製《くんせい》工房はもう職人たちに任せて、心置きなく自分の準備に没頭しても大丈夫だろう。

そう考えた私がしたことといえば、作り置きだ。

とにかく備蓄、備蓄、備蓄！

学園に入学したら料理なんてそうそうできやしないだろうから、いざという時のためにとお菓子や和食を中心に料理を作りまくった。いつ何時セイたちに差し入れできるチャンスがあるかわからないもんね。

「クリステア様、調理場にばかりこもっていらっしゃらないで、少しは王都へ運ぶ荷の選別をなさらないと……」

休憩がてら自室で午後のお茶を楽しんでいると、ミリアが困ったように言った。

私の場合、必要なものはインベントリに収納すればいいので、さほど気にしていなかったのだけれど……

「インベントリがあるんだし、手当たり次第持っていくのはダメかしら？」

「王都のお屋敷にもある程度のものは揃えてございますし、何かのご用事や休暇でこちらに戻られた際に部屋に何もないのでは困りますでしょう？」

ミリアが呆れたように答えた。ふむ、それは確かに。

片っ端から持っていけばいいやと思っていたけれど、こちらに戻った時に部屋がガランとしているのもさみしいわね。

「わかったわ。あとでやっておくわね」

「念のため、向こうで必要そうなものは私がある程度まとめておきました。ご確認いただけたらよいようにしていますから、他に必要な品があれば言ってくださいね」

おお……さすがミリア、できる侍女で嬉しいよ！　私のことを熟知しているミリアセレクトならば間違いないだろう。

だけどそうね、一応確認だけしておこうっと。

そう思ってミリアがまとめてくれた荷を確認したものの――はい、完璧でした。

不足どころか、これむしろ多すぎない？　ってくらいあった。

「……ありがとう、ミリア」

「いえ、これが私の仕事ですから。……ですが、まだ準備できていないものもあるのです。クリステア様の場合、何が必要か判断できないものもございますし……」

んん？　それはどういう意味？

「食材や料理に関する道具などは、本来貴族の令嬢は必要としませんので、私ではわかりかねるのです」

あ、ああ、そっちね。それは確かに侍女のミリアが準備するのは難しいわね。

どちらかというと、料理人であるシンの領分だもの。

「それについては、何を持っていくかもう決めているから大丈夫よ。出立の直前にインベントリに入れたらいいだけにしてあるわ」

「……料理に関してはしっかり準備なさってたんですね？」

……いかん、ミリアの笑顔がこわい。背後からオーラが見えるようだ……ひぃ！

「クリステア様、もう少しエリスフィード公爵家の令嬢である自覚を持っていただかないと。そもそも、学園に入学したら料理する必要なんてないじゃありませんか」

いやいや。お父様のことだから、休暇で私が王都の屋敷に戻れば何かしら食べたがるに違いないんだから。それに、いつ何時料理しなくてはならない場面が訪れないとも限らないからね。

そう反論すると、ミリアに「公爵令嬢が料理しなくてはならない場面なんて、あるわけがないですよ」と呆れられた。

……そうかなあ？　学園の食事がどんなものかわからないし、ましてや和食なんて出るわけがないのよ？　一応ある程度の備蓄はしてるけど、不測の事態が起きるかもしれないじゃないの。

……ほら、主に白虎様や朱雀様によるたかりとか、おねだりとか。

「まあ、クリステア様なら何があってもおかしくはないかもしれませんが、御自身のお立場をよぉく考えて行動なさってくださいね？」

ミリアがため息まじりに釘を刺す。何があってもおかしくないってどういう意味だ、と腑《ふ》に落ちないながらも、自分の立場を考えろと言われると頷かざるを得なかった。

「……はあい。善処します」

「本当に、気をつけてくださいね？　学園は楽しいばかりの場所ではありませんよ？」

「う……はい、気をつけます」

ミリアが厳しく、けれど心配して言ってくれているのがわかるので神妙に答えた。

まったく、身分だの何だのと、本当に面倒で仕方ない。大体、学園ってそういうことは関係なく、分け隔《へだ》てなく学べる場所のはずなのに。

領地で引きこもり生活をおくっていた私にはわからない世界があるんだろうなぁ……と若干憂鬱《ゆううつ》になりつつ、出発の日を待つのだった。

王都行きの準備をあれやこれやとしている間に、出発の日がやってきた。

前回は転移陣で帰ったのだから、ぜひ今回も……とお父様にお願いしたのだけれど、やはり貴族の義務だからと馬車で向かうことになった。

ただし、今回は拠点を王都に移す関係で荷物が多いことから、荷物のみ転移陣で送るとのこと。

私たちが移動している間に荷を解き、整えておいて、到着しても不便がないようにしておくそうだ。

いやいや、移動中に苦行を強いられる私たちのことは考慮されないの⁉　と、腑《ふ》に落ちないまま馬車に乗り込む。

もちろん、私のか弱いお尻のために、分厚いふかふかクッションを持ち込むのは忘れなかった。

人型の真白と黒銀、猫の姿のままの輝夜、そしてミリアが私の馬車に同乗し、お父様とお母様とは別の馬車に乗り込んで王都へ向かう。

うふふ、道中のお説教がないと思うだけで、かなり気が楽だわぁ。

お母様が一緒だと、王都暮らしの心得を延々聞かされかねないもの。

「王都は領地より北にあるので、このあたりはまだ雪深いかと思いましたが、そうでもありませんね」

しばらく馬車を走らせていると、ミリアが馬車の窓から外を眺めながら言った。

「そうね。今年は雪解けが早いのかしら」

遠くに見える森の日陰になっているところにはまだ雪が積もっているようだけれど、街道沿いはところどころに雪が残っている程度で、ちらほらと新緑も見え始めている。

ドリスタン王国は四季のある国だけど、王都を中心に北に行けば行くほど冬は雪深いし、南はそうでもない。夏は北のほうが過ごしやすいので、避暑地として訪れる旅人が多いらしい。いつかそっち方面にも行ってみたいなぁ。

エリスフィード公爵家が賜《たまわ》っている領地は、王都から馬車で二日弱のところで、南寄りのため比較的温暖で過ごしやすい。領地は広くて、海に面した港町も有しているので、夏場は北へ行くより海辺や水場で涼んで過ごすことが多いみたい。雪は多少は積もるけれど、道を閉ざすほどではない。だけど、作物や狩りの獲物はどうしても減ってしまうので、備蓄などの冬支度をしなくてはならないのは他の領地と一緒だ。

そういえば、この冬は孤児院に食糧の寄付をしたので体調を崩す子どもが少なかったと感謝の手紙が届いたのよね。よかった、夏にピクルスだのザワークラウトだのを仕込んだ甲斐があったというものだ。

私が学園にいる間も引き続き食糧の寄付を続けるよう、料理長に頼んでおいたので安心だ。

「王都にも、もう少ししたら春告げ鳥がやってくるでしょうね」

ミリアが窓から空を見上げて言うので、私も釣られてそちらを見た。

「そうね、今朝我が家の庭にいたもの。王都へやってくるのもきっとすぐだわ」

春告げ鳥は、鮮やかな緑の羽を持つ渡り鳥で、春になるちょっと前に渡ってくる。その色合いも相まって春を告げる使者として扱われていた。

春告げ鳥を見たら、皆ウキウキとあたたかな春を迎える準備を始めるのだ。

私が学園入学に向けて移動するのも、ある意味春支度なのかもしれないわね。

そんなことを考えながら、馬車に揺られていた。


その日の夜は、前回王都へ向かう際にも宿泊した町長のお宅に再び泊まった。

お父様曰《いわ》く「其方《そなた》も気になっているであろうから、ここにしたのだ」とのこと。

確かに味覚障害疑いの町長夫人のその後は気にならないでもなかったけれど……

「公爵様！　我が町へ逗留《とうりゅう》いただき、ありがとうございます！」

町長が満面の笑みで出迎えてくれ……え？　町長？

「おお、クリステア様！　その節はありがとうございました！」

え？　やっぱり町長……だよね？　前よりスリムになってダンディに見えるから別人かと思ったよ。

「ええ……あの、お元気そうで何よりですわ」

「ははは、あれから痩《や》せましてな、妻ともどもすっかり元気になりました」

「クリステア様のおかげですわ。ありがとうございます」

町長が肩を抱き寄せた女性が、にこやかに礼を述べた。え……奥さん？

以前の暗い影はすっかり消え、少しだけふっくらした奥さんは幸せそうだ。

「いいえ、私は何もしてませんわ。お二人の努力の結果ですもの」

「いいえ、クリステア様のご助言がなければ、今頃どうなっていたか……」

「さあ皆様、中でごゆっくりおくつろぎください」

町長夫妻に迎えられた私たちは、奥さんの作った美味しい料理をたくさんいただいて和やかな夜を過ごした。


翌日は遅めの朝食をとってから出発することになった。

朝食は以前教えたふわとろのオムレツがメイン。レシピに忠実に、丁寧に作ったのがわかり、もう大丈夫なんだなと安心した。

「それでは世話になった」

「王都までの道中のご無事をお祈りいたします」

町長夫妻に礼を言い、馬車に乗り込もうとした時、奥さんの顔色が良くないのに気付いた。

「あの……大丈夫ですか？」

「え？　ええ……うっ」

奥さんが口元を押さえて蹲《うずくま》る。

ええ!?　どどうしよう!?

「お前！　大丈夫か!?」

「……心配いりませんわ。病気ではございませんから」

え？　それって、ひょっとして……

「貴女、もしかしておめでたなのではなくて？」

馬車に乗りかけたお母様が戻ってきて言う。だよね？　もしかしたらそうだよね？

「……医師にはまだ診《み》ていただいておりませんが、おそらくそうかと……」

「ほ、ほほ本当か？　子どもができたのか？」

町長は、思いもよらぬ吉報に喜びながらも、つわりで辛そうな奥さんを前にあわあわとしている。

「町長！　慌てていないで早くお医者様に診《み》せなさい！　それから身体を冷やさないように暖かくして！」

「はいぃ！」

お母様が町長にあれこれと指示を出す。その後、私たちは予定より少しだけ遅れて王都へ向かったのだった。

前回といい、今回といい、ここに泊まると何かしらあるなあ……

でも、今回はいい意味での騒動だし、よかったよかった。

ふふ、町長宅には、一足早く春告げ鳥がやってきたみたいね。

王都に近づくにつれて、街道には、そこそこ立派な馬車とそのあとに続く荷馬車の数が増えてきた。商隊だろうか、冬に来た時には見なかった光景だ。

我々貴族の馬車が近づいてきたとわかると、商隊らしき団体はゆるゆるとスピードを落とし、街道脇に避けて道を譲ってくれた。馬車を護衛する冒険者らしき人たちも跪《ひざまず》いて私たちの馬車が過ぎ去るのを待っている。

あんな風にやり過ごすのって、無防備すぎるんじゃないかなぁ。盗賊とか出てきたりしない？

私がそんな疑問を口にすると、ミリアはかぶりを振った。

「ああして跪《ひざまず》いておりますが、いざとなれば冒険者がすぐさま対処するので大丈夫かと。それに、我々は精鋭の護衛で固め、馬車の行く先に危険がないか斥候《せっこう》を先行させておりますから。彼らも貴族に道を譲り、そのあとを追ったほうが危険が少なくて楽なのではないでしょうか」

なるほど。持ちつ持たれつってやつなのか。


町長夫人の懐妊騒ぎでばたついたものの、予定からさほど遅れず王都へ到着した。前回同様、検問で引き止められることもなく無事王都入り。前回は気づかなかったけれど、斥候《せっこう》がいたなら予《あらかじ》め先触れがあったのかもしれないわね。

馬車は貴族街を進み、最奥に近いエリスフィード家の門にたどり着いた。

我が家の紋章のついたお仕着せ姿の門番に門を開けてもらうと、馬車は屋敷へ続く長い道を走る。

車寄せには私たちを出迎えるため、使用人たちがずらりと並んで待っていた。

「お帰りなさいませ。お疲れでございましょう、お茶を用意しておりますのでごゆっくりおくつろぎください」

「うむ。ギルバート、変わりないか？」

「はい。屋敷内のことは滞《とどこお》りなく。後ほどご報告いたします」

「頼む。では参ろうか」

「ええ、あなた」

お父様がお母様をエスコートしながら屋敷の中へ入っていく。私は真白や黒銀を従え、そのあとをついていった。

私たちは居間でお茶をいただきながら、夕食を待つことになった。

正直、馬車に長時間揺られていたから自室でだらーっとくつろぎたいところだけれど、馬車で運んだ荷物も多少あり、それらが整うのを待たなくてはならないらしい。荷ほどきなんて別にあとでもいいのにね。

仕方なく居間にいるけれど、はあ、やはりふかふかのソファはいい……固い馬車の座面とあの揺れには本当に辟易《へきえき》する。どうにか快適な乗り心地になるよう改良したいところだけれど、前世で車に付いていたサスペンションとかそういうものの構造なんてさっぱりわからないので、改良するにもどうしたらよいのやら。せめて座面部分をどうにか改善したいものだわね。

「クリステア、聞いているの？」

呼びかけにハッとしてお母様を見ると、怖い顔でこちらを見ている。ひええ。

「も、申し訳ございません。疲れているせいか、ぼんやりしてしまって……」

慌てて居住まいを正して謝罪する。

「そうね、今朝はおめでたいこととはいえ、大変だったから仕方ないわね」

ほっ。ちょっとしたことでお小言につながるからお母様相手は気が抜けない。

「明日は午前中から制服や他の衣装の仮縫いの予定ですよ。忘れないようになさい」

ええ？　王都に着いて早々仮縫いとかめんどくさ……いやいや、制服のカスタマイズの件をどうにかしないといけないいんだった。

お母様が一体どんな魔改造を指示したのかわからないけれど、明日はなんとしてもまともな制服になるよう、お母様に立ち向かわねば！

私は魔改造回避のために、密かに気合いを入れた。

# 第七章　転生令嬢は、魔改造回避に奮闘する。

翌日、予定どおりに仕立て屋がやってきた。

「こちらになりますわ」

そう言いながら仕立て屋のサリーが取り出したのは、制服……なんだろうか？

まだ試作なので実際の生地ではないものの、レースが仮留めされている。しかも、襟元や袖口などありとあらゆる箇所にふんだんに盛り込まれていた。

実際に仕立て上がっている標準の制服が見本として持ち込まれていたけれど、よくまあここまで改造したなってくらいの魔改造ぶりだ。

「……」

あまりの劇的改造っぷりに唖然としていると、お母さまは満足げに頷き、次いでサリーに細かい指示を出しはじめた。

「そうね、レースの量はこのくらいでよさそうね。あとは刺繍《ししゅう》だけれど……」

「袖口や裾まわり、ジャケットの裏地にも金糸で刺繍《ししゅう》を入れる予定ですわ」

……はい？　さらにここから盛るんですか？

しかも、裏地に刺繍《ししゅう》とか……ひと昔以上前の不良みたいじゃないのーっ！

サリーが提案したのは、背中の中心部に大きくエリスフィード家の紋章を金糸で刺繍《ししゅう》し、その周囲をバラのモチーフで囲んだデザインだ。今も精緻《せいち》に描かれた図案をお母様に見せている。

ちょ、ちょっと待って……？　あんな裏地にびっちりと刺繍《ししゅう》の入った服なんて着たら、重くて仕方ないんじゃない？　何よりそんなの着たくないよーっ！

それに、一応、私は成長期だ。なのに、こんなにぴったりサイズなんて……

入学式なんて、皆大きくなるのを想定したぶかぶかの制服が定番なんじゃないの？

あとでミリアに聞いたところ、「平民ならともかく、クリステア様のように高位の貴族の場合、身体に合わなくなるごとにデザインも流行に合わせて作り直すのが当たり前でございますよ」だって……も、もったいなーい！

身体に合わない制服を身につけていると、子のために満足に支度もしてやれない惨《みじ》めな貧乏貴族扱いされて親が恥をかくことになるので、絶対にぴったりサイズで作るのだそう。えぇぇ……い、いかん。呆然としてる場合じゃない。このとんでもない魔改造をどうにかしないと。これを着るのは他でもない私なんだから！

「あの……私、こんな派手な制服はちょっと……」

着たくないなー、なんて……

「貴女の希望を聞いていたら、新年の時のように地味になってしまうじゃないの」

おおう、お母様に即座に却下されてしまった……でもここで引くわけにはいかない！　ストレスフリーな学園生活のためにも！

「ですがお母様。私は勉学のために学園に入学するのですから、このような華美な装飾は不要だと思います」

「……？　何を言っているの？　将来国を支える殿方ならいざ知らず、家を守る女性が学園に入学する目的といえば、社交のためと決まっているではないの」

「……え？」

だって、魔力を持つ者が集《つど》う学び舎《や》なんだから、魔法を勉強するんじゃないの？

「ごく稀《まれ》に研究にのめり込む奇特な方もいらっしゃるけれど……まさか、貴女がそうなるわけがないもの。ねえ？」

ヒイイィ！　お母様、笑顔だけど目が笑ってませんよ!?　怖い！　怖いです!!

「は……はひ」

「それに、新年のドレスは貴女の希望通りのものを誂《あつら》えましたが、一部の方から身分に見合わない貧相なドレスだとお茶会で話題にされていたそうよ？」

そりゃまあ、ねえ？　あのゴテゴテフリルを良しとする方から見れば、シンプルなドレスはものが良くても貧相に見えるでしょうとも……て、ヒィッ!?　お母様が静かに怒ってらっしゃる……！

陰でこそこそと嫌味を言われたのが相当悔しかったのかな。もしそうならば、魔改造回避は難しいかも……あわわ。

「奥様、差し出口を承知で申し上げますが、それはごく一部の、見る目がない方の発言ですわ。実は、あれから少しずつではございますが、控えめなデザインのドレスの注文が入りはじめているのです」

サリーが遠慮がちに言うと、お母様が少し驚いたように彼女を見た。

「まあ、そうなの？」

「ええ、品があって趣味がいいと評判のコネリオ伯爵夫人やマードリック侯爵夫人が、奥様を賞賛していらっしゃいました。自分の娘にもあのように良いものを見る目を養《やしな》わせ、慎ましやかな淑女に育てたいと……」

「まあぁ、そう、そうなの……そうよね、あの方たちは本当に趣味がいいから。クリステアのドレスの良さがわかっていらっしゃるわね」

お母様は満更でもない様子だ。どうやら、すっかり機嫌を直したみたい。ああよかった。

「実は、新年のドレスから考えまして、クリステア様のご希望に添えそうな制服もご用意しておりますの」

サリーはにこっと笑うと、側にいたメイドから箱を受け取り、もう一着、制服を取り出した。

「わあ……」

基本の型からスカートのボリュームを増やしたりと少しアレンジされているけれど、決してやりすぎているわけではなく、許容範囲だと言える。さらに全体的にレースは控えめで、さりげなくチラ見えする程度だ。これならなんとか我慢できる……かな？

「刺繍《ししゅう》は袖口に同色で、光の加減で浮き上がって見えるように刺しましょう。また、背中には襟《えり》のすぐ下にさりげなく紋章を刺繍《ししゅう》してはいかがでしょう？」

サリーはその場でサラサラとデザインしてみせる。おお、いい、いいねえ！

基本から大きく外れず、でも少しずつカスタマイズされているのがわかるし、わかる人にはわかる手の込みようって感じ。

「……控えめすぎではなくて？」

お母様は、自分の提案したデザインに比べるとかなり貧相に見えたみたい。手がかかっているのはわかるけれど、さり気なさすぎてこれでいいのだろうかと戸惑っている様子。

ここで拒否されて最初の制服に決まったら、私の学園生活のスタートに大きく影響してしまう！それは困る！

「そんなことありませんわ！　私、とっても気に入りました。そうですわね、もし可能であれば、付け袖や付け襟《えり》などで雰囲気を変えられるようにするのはどうかしら？」

「付け袖に付け襟《えり》……でございますか？」

きょとんとした様子のサリーに、身振り手振りで説明する。

「ええ。襟《えり》のところには、こう……あとからレースを重ね付けしたり、袖口にも同じようにボリュームをもたせてカフスか何かを用いて追加でつけられるようにするのよ」

「まあ……それはいいご提案ですわ！　それだけで華やかになりますもの！　ここはこうして、カフスもいくつか宝石を変えて……」

サリーが持ち込んでいたレースを制服にピンで留めてみせた。

「あら、それならいざという時に雰囲気を変えられていいわね」

お母様も満足そうだ。思ってもみない方向でお高くなっちゃいそうだけど。

「私、これでお願いしたいですわ！」

私はここでゴリ押ししないと！　と必死におねだりした。

「……そうねぇ。サリー、これでお願いするわ」

「かしこまりました。では、サイズの調整をいたしますのでこちらへ……」

サリーは柔らかな笑みを浮かべ、着替えのために衝立《ついたて》の奥へと私を誘導した。

や、やった……完全勝利とはいかなくても、魔改造回避したぞーっ！　私、頑張った！　えらいっ！

衝立《ついたて》の奥でミリアに手伝ってもらいながら、今着ているワンピースを脱いでいると、サリーがその傍で試作の制服を片手に準備をはじめた。

「あの、ありがとうございます。サリーがそれを用意してくれて助かりました」

私はサリーに小声で礼を述べた。だって、いくら拒否してもお母様の性格を考えたら「とりあえず時間もないことだし、これで作っておしまいなさい」と押し切られていたと思うもの。

そう考えると、予《あらかじ》め現物を準備してくれたサリーの慧眼《けいがん》には感謝しかない。

それに、どうやらファッションのご意見番的存在のご婦人方から高評価だったという情報が決定打になっているみたいだし。そういう生の情報を仕立て屋のサリーから聞かされると信憑性《しんぴょうせい》が増すものだ。

「とんでもございません。お礼を申し上げたいのは私のほうですわ」

サリーは微笑みながら首を振った。

「あの、それはどういう……？」

私が感謝するならいざ知らず、サリーに感謝されることはないと思うのだけど？

疑問符を浮かべながら首をかしげると、サリーは制服を私に着せて答える。

「……装飾を増やして華美にすればするほど、皆様は喜ばれるのですが、実際に完成したドレスを身につけ、そのドレスの重さに顔をしかめられる方のなんと多いことか。私は身に纏《まと》うだけで幸せになれる、美しいドレスを作りたかったはずなのに、それが重い枷《かせ》となってしまうなんて、私はいったい何を作っているのだろう……と、常々思い悩んでおりましたの」

サリーは悲しげに微笑みながら手際よくピンを刺し、サイズを合わせていく。

「そこへクリステア様が自分が着たいものはこれではないとおっしゃったのです。クリステア様の希望されたデザインは、華美にするだけが貴族の権威を見せる方法ではないと気づかせてくださいました。凛《りん》とした気品があり、高貴な美しさを表現しうるデザイン……それが私の迷いを払拭《ふっしょく》してくれたのです」

「サリー……」

えーと……ゴテゴテドレスは性に合わないし、だけど貧相なのはNGなら装飾を抑えた分、質を上げたらいいんじゃない？　って思っただけで、そこまで深く考えてなかったんだけど。け、結果オーライってことでいいのかな？

「コネリオ伯爵夫人やマードリック侯爵夫人があのドレスを高く評価なさっていたことは本当です。お二人とも細身のスタイルを引き立てるボリュームのあるドレスをお好みでいらっしゃいましたが、新年にクリステア様をご覧になった折、その装《よそお》いの潔《いさぎよ》さと、控えめながらも一目で質の良さがわかる絶妙なバランスに舌を巻いていらっしゃいましたわ。私も作っていて腕が鳴りましたもの」

サリーはふふ、と嬉しそうに笑った。

あのドレスがそこまで高評価だったなんて、もっさり派手派手ドレスが嫌なだけの私としてはびっくりだよ！

「あの……それはサリーの腕が良かったからだわ。私は派手なのが嫌だっただけだもの。サリーのおかげよ」

あとは、ミリアのおかげかな。絵を描いたり芸術的なことは壊滅的な私がサリーに理解してもらえるようなデザイン画を描けるはずもないので、ミリアに伝えて描いてもらっていたのだ。

ミリアは私のことを熟知しているから、私の好みドンピシャのデザインを描いてくれた。さすがミリア、できる侍女で本当に助かるわぁ……

「まあ、ご謙遜《けんそん》を。あのようにご自身の魅力を活かせるドレスを考えられる方ですのに」

うん、それはミリアのおかげだね。

「それはこのミリアの協力あってのことです。ミリアは私のことをよくわかってくれる、素晴らしい侍女なんです」

「クリステア様ったら、そんな、私はただお手伝いしただけですのに」

ミリアは謙遜《けんそん》するものの、褒められて嬉しそうだ。いやいや、本当のことだからね！

「まあ……正しく評価してくださる方に仕えることができて、貴女は幸せね」

「ええ、自慢の主人ですわ」

おお？　今度は私が照れる番だった。ミリアの自慢の主人だって、えへへー！

あれ？　でもミリアにはいつも気苦労をかけてばかりの気がしなくもな……い？

え、ええと、これからはそんなことがないように……できるかな。

己の行動を振り返り、冷や汗をかきながらも、試着は和やかに行われたのだった。

制服の打ち合わせから数日後、マリエルちゃんをお茶会に招待した。

「クリステアさん、お久しぶりです！」

「マリエルさん、ようこそいらっしゃいましたわ。本当にお久しぶりね」

お茶会といっても、私たちだけの極々小規模なお茶会なんだけどね。

他に招待する友人がいないだけだろうって？　そのとおりですが何か？

……泣いてないよ？　今はマリエルちゃんがいるだけで嬉しいもんね！　マリエルちゃんと親睦を深めるんだもんねーだ！　負け惜しみじゃないよ！

マリエルちゃんとは王都に着いてすぐにでも会いたかったけれど、入学準備だの何だのと予定が詰まっていたから断念せざるを得なかったのよね。

だから、用事が片付いたら会えるようにと思い、先に招待状を出したら、マリエルちゃんから「絶対に伺います！」と即返事をいただいたのだ。

その時のマリエルちゃんは、返事を受け取った使用人にそのままついてきそうな勢いだったらしい。その話を聞いたミリアが「マリエル様は、クリステア様にお会いしたくてたまらなかったのでしょうね」と微笑ましげに言っていたけれど……多分違うと思う。

マリエルちゃんを以前と同じ応接間《サロン》に招き入れると、お茶の用意をしてもらってから人払いをした。これで心置きなく話ができる。

「マリエルさん、少しやつれ……いえ、ほっそりしたみたいだけど……元気だった？　私、会えるのを楽しみにしてたのよ」

「ええ、私も！　みそし……いえ、ごは……いえ、クリステアさんに会える日を心待ちにしてました！」

……やっぱり、私じゃなくて、ごはんを心待ちにしてたんだね？

私が思わずジト目で見つめると、マリエルちゃんは自分の失言にアワアワと慌てふためく。

「ごっごめんなさい！　いただいたごはんがあまりにも美味しくてあっという間に食べ尽くしちゃって……次はいつ食べられるのかと指折り数えて待っていたところへ、思ったよりも早くクリステアさんが王都に戻ってきたもんだから、つい……」

私からの招待状を受け取ったマリエルちゃんは「和食が食べられる！」と歓喜し、即返事をしたあとは、お茶会の日時を何度も確認しては、早くその日にならないかとそわそわしながら待っていたんですって。

そんなに喜んでもらえたのなら良かったと思うけれど……

「あっという間にって……結構な量を渡したと思ったんだけど？」

「いや～、それが……」

聞けば、和食食べたさに普段の食事の量を減らして、毎晩こっそり食べてたんだって。食が細くなったことで家族は心配したけれど、痩《や》せ細ることもなく元気にしているので安心したそう。そりゃあ毎晩食べてたんだからそうだろうね。

だけどそのうち備蓄が底をついてしまい、かといって減らした食事の量をまた増やす気にもなれず……そうこうするうちにやつれてしまった、と。

「和食が食べたくて禁断症状を抑えるのが大変だったわ……」

たはは……と笑うマリエルちゃん。いやそれ笑い事じゃないよね？

「……マリエルさん？」

「は、はい！」

「食事はバランスよく！　きちんと食べないと！　元看護師のくせに不摂生したらダメでしょう!?」

「いや、看護師って時間は不規則だし、食事も意外と偏《かたよ》ってるから……」

「そういう問題じゃなああぁい！」

「ひゃん!?　ご、ごめんなさい！」

美味しく食事ができるのは、健康な身体あってのことなんだからね？　まったく！

「はあ……とりあえず、お茶にしましょう」

「そ、そうしましょう！　ここで美味しいものが食べられると思って、ごはん抜いてきたんですからっ！」

……なんですと？

「こらあああああ！」

「ごっごめんなさあああぁい!?」

もう、手のかかる……とりあえず、マリエルちゃんに何か食べさせないと。

あまり食べていないのなら、お菓子といえども重いものは良くないかもしれない。そう考えた私はインベントリに備蓄していたプリンを出した。

「わあっプリン！　美味しそう〜！　いただきまぁす！　……ほわぁ、ふるっふる……とろけるぅ……」

マリエルちゃんはプリンを口にした途端、まさに言葉どおりとろけるような表情を浮かべた。そして、またひとさじ食べ、笑みを浮かべる。

「はぅあ……なめらかで美味しい……。うちでもプリンのレシピを買って、料理人に作ってもらったのだけど、何故か固まらなかったり、すが入ったりしちゃうのよねぇ」

「すが入る」とは、手作りプリンでよくある、気泡が入ってしまってボソボソと口当たりが悪くなる現象だ。でもほんのちょっとのコツでなめらかなプリンになるんだけど。

「それ、固まらないのは卵とミルクの量のバランスが悪いのが原因じゃないかしら。ミルクが多いと固まらないわよ？　それに、すが入るのは蒸し器やオーブンの温度が高すぎたり、液を泡だててしまったり、しっかり漉《こ》してなかったりするからだと思うわ」

「えっ、泡だてないと混ざらないんじゃ？」

「泡だてたら気泡が入るから、すが入る原因になるわ。混ぜる時は卵の白身《しろみ》を切るようにするの。それから目の細かいザルか、煮沸《しゃふつ》して清潔にした目の粗い布で二、三回繰り返し濾《こ》すと、すが入らずなめらかなプリンになると思うわ。表面の気泡もできるだけとるといいわよ。あとは、蒸し器やオーブンの温度に気をつけて……これは家ごとのオーブンの癖もあることだし、数をこなしてちょうどいい温度を探すしかないわね」

「うう……簡単かと思ったら意外と奥が深くて大変なんですね、プリン作りって……」

「いやいや、慣れればさほど難しいことはないんだけど？」

「少なくとも私には無理ぃ……はあ、プリンなら我が家でも美味しいものを食べられると思ってたのに、道のりは遠かった……」

……そういえば、マリエルちゃんは前世でもお料理苦手だったって言ってたものね。うーむ、メイヤー家の料理人に頑張ってもらうしかないか。

「……おかわりする？」

「……お願いしますぅ」

涙目のマリエルちゃんを励ますように、そっと二個目のプリンを差し出す私なのだった。

それからはクッキーなどちょっとしたお茶菓子をつまみつつ雑談を楽しんだ。

「……なるほど～、大変だったのね」

プリンを平らげて落ち着いたマリエルちゃんが、私の愚痴《ぐち》に苦笑まじりに答える。

先日の制服に関するやり取りの話をしたのだけど、マリエルちゃんは王都暮らしのため、改造制服についての事情も知っていた。それにおうちが商会を営《いとな》んでいるので、そのあたりの情報には詳しいらしい。

「確かに、うちの商会にも貴族のお客様が放課後に制服姿でいらっしゃるけど、大抵の方は大幅に改造してるものねぇ。でもそのおかげで貴族かそうでないかが判断できるから、こちらとしては対応しやすくて助かってるのだけどね」

そう言ってマリエルちゃんは肩をすくめた。なるほど、改造制服だと貴族かお金持ちの子だとわかるから、接客する前から心構えができるってことね。

「お金持ちには高くていい物を売れ、そうでない客には手頃な価格でいい物を売れ。それが我が商会のモットーですから？」

　マリエルちゃんはそう言ってにやりと笑う。腹黒い笑みで可愛い顔が台なしだよ⁉

「そ、そうなの……」

「そう。取れるところからは当然しっかり取る。でも品質はお客様が納得するものでないと売らないし、無理に売りつけたりしない。そして、さほど裕福ではないお客様には、予算内で最適な品を選んでいただいて、また次回も足を運んでもらえるようにするわ」

　どんなお客様にもリピーターになってもらいたいからね、と笑うマリエルちゃんを見てホッとした。よかった、メイヤー商会が腹黒商会じゃなくて……

「でもクリステアさんみたいなお客様だと、うちの従業員は困っちゃうかもね」

　マリエルちゃんは、うーん……とアゴに手を当てて考え込む。

「えっ？　どうして？」

　ちょ、ちょっと？　私が困ったちゃんな客だなんて、聞き捨てならないんだけど⁉

「ええと、今までのお客様と違って身なりで判断しづらいから、従業員は対応に困ると思うのよね」

「ええ……？」

「考えてもみてよ。そりゃあ見た目で判断するのは良くないことだと思うけど、改造制服イコールいいとこの坊ちゃん嬢ちゃんというのは、従業員にとってわかりやすい判断基準だった。なのに、一見地味……いえ、装飾の控えめな制服のクリステアさんが来店したら、仮に貴族だとわかっても、高位の貴族だとは思わないかもしれないでしょう？　あとでクリステアさんが公爵令嬢だと知って、無礼を働いてやしないかと肝を冷やす者もいると思うわ」

「ああ……そういうこと」

だけど地味は余計だぞ？　そもそも装飾は控えめにしたとはいえ、それなりに改造してあるんだからね？

それに、高位貴族の令嬢といっても私自身が偉いわけじゃないんだし。普通に接客してもらえたらそれでいいんだけどな。

とはいえ、そういうわけにもいかないのがこの世界だ。面倒なことこの上ない。

「でも、クリステアさんの制服の場合、装飾は控えめだけれどいい素材を使っているとのことだし、この際、従業員の見る目を養うのに使わせてもらいましょう。従業員をしっかり教育するよう父に進言しておくわね」

マリエルちゃんはドンと胸をたたいて請けあってくれた。おおう、頼もしいなぁ。

「あはは……よろしく頼むわね。それはそうと、マリエルさんの制服はどんな改造をしたの？」

マリエルちゃんだって男爵令嬢だもの、それなりに改造してるわよね。

「私？　私は特に目立つような改造はしてないわよ」

「ええっ、どうして？」

「だって貴族といってもうちは新興貴族だもの。下手に目立つとこれだから成り上がりは、と揶揄《やゆ》されちゃうわ。目立たないようにするのが一番よ」

マリエルちゃんはあっけらかんと答えた。

「そう……」

残念だなあ。マリエルちゃんならふわふわふりふりの可愛い改造制服が似合うと思ったのに。

「……まあ、目立たないところはちょこちょこ改造してるけどね」

マリエルちゃんは、ふふふと含みのある笑みを浮かべた。

なんだ、やっぱり何だかんだいっても実は改造してるんじゃない。前世はコスプレイヤーだったんだし、そういうのは得意そうだものね。

「へえ、例えば？」

「ええと、食べすぎたときのためにこっそりウエスト調整ができるようにしたり、寒い日のためにジャケットの内側に中綿入りの薄手のライナーを着脱できるようにしたり、転んでも下着が見えないようにスカートの下に穿《は》く膝上のショートパンツを作ったり、とかかな？」

「……実用一点張りね」

私は思わずマリエルちゃんをジト目で見つめる。マリエルちゃんったら、女子力が家出してるよ？　せっかく可愛いのに台なしだよ……でもちょっと羨《うらや》ましい。私も真似したい。

「あっ、でもちょっとはレースやフリルも付けたわよ？　動きを邪魔しない程度に、ほんのちょこーっとだけど」

慌てたように言うマリエルちゃんに脱力しつつも、私は仕立て屋のサリーに追加の改造を頼もうと、マリエルちゃんの改造制服の仕様を教えてもらったのだった。

え？　女子力とはって？　いやいや、よくよく考えたら女性にとって冷えは大敵だからね？　こ

れも女子力と言えなくもないんじゃないかな⁉

それに、ウエスト調整できるって最高じゃない？

……ごめん、私も女子力が家出中みたいです。


「そういえばマリエルさん、入学準備は進んでる？」

制服の仕様変更を急いで伝えてもらうためにミリアを使いに出したあと、改めてゆっくりお茶を楽しんでいた私は、ふとマリエルちゃんに質問した。

のんびりしていたけれど、いい加減準備をはじめないとまずいわよね。

「準備？　そうねぇ……制服は手配したし、文具なんかはうちの商会で揃うから……あとは、寮で必要なものを確認して少しばかり買い揃えるくらいかしら」

マリエルちゃんは、んー、と考えながらそう答える。そういえばマリエルちゃんのお家は手広くやってる商会だから、大体のものは揃うのよね。

「そうなのね……あ、文具関係は私もマリエルさんのところで購入するわね」

「毎度ー！　……って、あれ？　この前うちの父が納品しに行かなかった？　紋章入りのセットだったから、てっきりクリステアさんのかと思ってたんだけど……」

「えっ？」

そんなの初耳だ。私は発注なんてしてないし、ましてや納品なんてされてないぞ。

「え？　も、もしかしてご家族からのプレゼントだった、とか？　ご、ごめんなさい！　サプライズかもしれなかったのに」

……その可能性はあるかも。メイヤー男爵が納品に来たということは、発注したのはお父様かな。

「ううん、平気よ。知らなかったことにしておくから」

「うわあ申し訳ない～！　うう、商人の娘にあるまじき失態……」

「まあまあ。内緒だったなんて知らなかったんだし、仕方ないわよ」

「でも……」

マリエルちゃんはめそめそしているけれど、家族が私のために用意してくれたという事実が嬉しいので、サプライズじゃなくてもいいのだ。

「もういいったら。でも、セットってどんなのだった？　買い足さなきゃいけないものとかあるかしら？」

「そうね……特にはなかったかと。うちの商会の売れ筋のラインナップより数段上の品質のものをフルセットでお買い上げいただいたみたいだったし」

「そ、そう……」

私がのんびりしていたのがいけないんだけど、マリエルちゃんと選んだりしたかったので、ちょっぴり残念。

「あの、入学して足りないものがあれば一緒にお買い物に行きましょう？　私が案内するわ！」

しょんぼりした私を見て、マリエルちゃんが慌ててフォローしてくれた。

「……そうね！　そうしましょう！」

そうよ、放課後や週末にお友達とお買い物やお茶をするのが夢だったんだもの！

マリエルちゃんというお友達ができたんだし、今日みたいに一緒にお茶したり、出かけたりできるのよね〜ふふ、楽しみ！

「あとは、寮で使うものって何かしら？」

そういえば、お兄様に聞いておけばよかったんだわ。男女の違いはあっても基本的なものは変わらないだろうし……

「そうねぇ、身だしなみを整えるものが主になるわね、部屋着とか。クリステアさんの場合、何が足りないかより持ち込みすぎないか気をつけたほうがいい気がするけど」

「……確かに」

皆、心配性というか過保護だから、あれを持っていけ、これも持っていけと、ものすごい量の荷物になっちゃいそう。

「あ、でもインベントリがあるから平気なのか」

「あ、そうか。そうよね」

大容量を誇る私のインベントリなら、多少荷物が多くてもへっちゃらなんだった。

おやつや和食の備蓄分は、すでにインベントリ内に確保してあるしね。

……入学準備済みなのが食糧だけって。

い、いやほら、和食って簡単に手に入らないでしょう？　食べたくなった時に食べられるようにしとかないと、ね？

ちょっぴり反省しつつ、あとでミリアに何を準備したのかしっかり確認しようと決めた。

「そういえば、この前クリステアさんから教わったバステア商会に行ってみたの」

紅茶とクッキーから緑茶と羊羹《ようかん》に切り替えたところで、マリエルちゃんが思い出したようにそう切り出した。

え、いつの間にうちの領地へ？　それなら連絡してくれたらいいのに……と言いかけたところで、王都にも支店があるのを思い出した。

確か、もともと小さな支店はあったんだよね。で、我が公爵家がヤハトゥールの食材を買い求めるようになって、王都でも売れ始め、手狭になったから移転した——となっているけれど、それは表向きの話。実際は、セイを匿《かくま》う場所を確保するためでもあったはず。

「そう。ヤハトゥールの……和食に使える食材がたくさんあったでしょう？」

「ええ……！　天国かと思ったわ」

だよね！　私も領地の商会に初めて行った時はテンション上がりまくって爆買いしたもの。

ああ、支店にも早く行ってみなくちゃ。品揃えは本店とほぼ変わらなくなったというけれど、万が一、足りないものがあったら、取り寄せてもらわないといけないし。

「それで？　マリエルさんは何を買ったの？」

私はほら、初めてバステア商会を訪れた時はつい勢いで味噌を樽買いなんてしちゃったけれど、マリエルちゃんは何を買ったのかなと思うじゃない？

興味津々《きょうみしんしん》で尋ねると、マリエルちゃんはスン……と表情を消してボソリと答えた。

「……何も買えませんでした」

「え？」

「何も！　買えません！　でしたぁ！」

「ええ⁉」

なんで？　そこは樽買いとまでは行かなくても、勢いのまま爆買いするとこだよね⁉

輸入食材だからって、ものすごく高い品ばかりってわけでもないはずだけど……

「だって、売ってるのは食材よ？　前世じゃ料理の腕が壊滅的で、外食やテイクアウトやインスタント食品で乗り切ってた私が、食材を見て何を買うっていうのよ……」

マリエルちゃんが打ちひしがれた様子で答える。

「ああ……」

なるほど、マリエルちゃんは料理をしないから何を買ったらいいのかわからなかった、と。ふむ。

「……マリエルさんのお家ではお米は食べるのかしら？」

「……え？　お米？　そうねぇ、安く手に入るから最近食べるようになったけれど、我が家の料理人は炊き方がわからないから煮てリゾットみたいにするくらいかな」

「ええ？　ごはんくらいは炊けるようになろうよ？」

「いやいや、炊飯器まかせが当たり前の元現代っ子にこの世界でごはん炊けってハードル高いわよ⁉　いや、炊飯器ですら全然使えてなかったけど！」

そう言われればそうか。前世では無洗米なんてのもあったから、お米の研ぎ方を知らないって人もいたものね。しかしマリエルちゃんの前世の食生活って……

「お米の炊き方はあとで手順を書いて渡すから誰かに炊けるようになってもらいなさい。そしたら、お醤油《しょうゆ》と卵でできることがあるでしょう？」

「お醤油《しょうゆ》と卵……ごはん……ハッ！　ま、まさか」

マリエルちゃんはごくりと生唾《なまつば》を呑み、私はコクリと頷く。

「卵かけごはん!?　でも、前世の日本じゃあるまいし、生の卵なんて危ないわよ!?」

やっぱり、生の卵は忌避感《きひかん》があるのか……

しかし、ここは卵かけごはん推進派の仲間を増やす、またとないチャンスだ。

「それがね、大丈夫なのよ。鮮度のいい卵ならクリア魔法で解決するわ」

「……クリア魔法って、あの、生活魔法の？」

マリエルちゃんはキョトンとしている。

「そう。卵に除菌を意識してクリア魔法をかけたらいいのよ」

サルモネラ菌だのが死滅するようにイメージするのが大事だ。もちろん、古い卵だとそんなことは関係なくお腹を壊すので鮮度は大切だけれど。

「除菌……クリア魔法で卵を？　そんなの考えたことなかった……以前のシミ抜きといい、クリステアさんはクリア魔法を器用に使いこなしすぎじゃないのぉ!?　ていうかクリア魔法、まじ万能すぎじゃない？」

「万能ってことはないけど……魔法ってイメージが大切だから、明確にイメージすればするほど、できることが増えるんじゃないかな？」

だから、前世のいろんな知識を持っている私たちができることって多いと思うんだよね。

「うわぁ……クリステアさんがまじチートすぎて理解が追いつかない……」

マリエルちゃんは何故か両手で顔を覆《おお》い、俯《うつむ》いてしまった。

いやいや、マリエルちゃんもできるはずだよ？

「でも、そうかぁ……卵かけごはんかぁ……こっちの世界でも食べられるなんて思いもしなかったわ」

マリエルちゃんは目を閉じ、前世に思いを馳《は》せるようにそう言った。あっ、マリエルちゃん、よだれが……

「マリエルさん、はしたなくてよ？」

「えっ、あっ！　あはは、申し訳ない……」

私は自分の口元をちょいちょいと指差して言う。マリエルちゃんは、ハッと我に返り、ハンカチを取り出して口元を拭《ぬぐ》った。

「でも本当に生の卵なんて大丈夫なの？」

マリエルちゃんはまだ半信半疑のようだ。

まあね、この世界じゃあ生卵でえらい目にあった人もかなりいるそうだし。度胸試しに生卵を飲む、なんて行為も冒険者たちの間で行われているそうだものね。

「少なくとも私は大丈夫だけど……試してみる？」

「えっ⁉　試すって……卵かけごはんを？」

「ええ、ちょうどごはんも卵もあるわよ」

私はインベントリから炊きたてごはんの入ったおひつと卵、そして醤油《しょうゆ》を取り出した。

「……あるわよと言ってすぐに出てくるこのチートさときたら。……なんだかクリステアさんが青い猫型ロボットに見えてきた」

「……そうなると、マリエルさんは某メガネ少年の立ち位置になることに」

「ごめんなさい冗談です」

まったくもう、失礼しちゃう。

まあ、インベントリにせよ転移魔法にせよ、某猫型ロボットの影響はなきにしもあらずだけれども。

ごはんをお茶碗によそい、お箸を添えて配膳すると、マリエルちゃんはごくり、と喉を鳴らした。

「……本当に危なくない？」

「疑り深いわねぇ。じゃあ、私がお手本を見せるわ」

私は卵を手に取ると、除菌するイメージでクリア魔法をかけた。そしてテーブルにコンコンと卵を軽く打ち付けて片手でパカッと割り、真ん中に軽くくぼみを作っておいたごはんにポトリと落とす。

卵を割るときは、テーブルの角で割らずに曲面や平面で割るほうが割りやすいって意外と知らない人が多いんだよね。角で割ると細かいヒビが入りすぎて殻が卵の中に落ちちゃうから衛生面でもよろしくない。それから、片手で割るのが不安な人は、両手で割るのが確実よ。

醤油《しょうゆ》をひとたらしして、まぜまぜ。満遍《まんべん》なくまぜ終えたところで、箸を動かす手を止める。ちらっとマリエルちゃんを見ると、卵かけごはんから目を離せない様子だ。ふふふ、何だかんだ言っても食べたいんじゃないの？

「さて、これで完成だけど……ああ、そうだ、これも追加で」

そう言って私がインベントリから取り出したのは、削りたての鰹節《かつおぶし》だ。

「ああっ！　それは⁉　か、鰹節《かつおぶし》⁉」

目を見開くマリエルちゃんを横目に、鰹節《かつおぶし》を卵かけごはんにかける。

ふわぁ……踊ってる……鰹節《かつおぶし》がふわふわと踊るように揺れる様子にうっとりしながらお茶碗とお箸を手に取り、ひとくち分をすくった。

「じゃあ、見ていてね」

いただきます、と言うや否やパクリと口にする。

「あっ⁉　あああ……」

マリエルちゃんが悲壮な表情でこちらを見ているけれど、本当に大丈夫だから。

「そんなに心配しなくても大丈夫だったら。これで少ししても何もなければマリエルさんも安心して食べられるでしょう？」

マリエルちゃんを心配させないようにっこり笑いながら、卵かけごはんを食べ続ける。

やっぱり、こういうのは実際に食べて見せないと安心できないものね。

「く、クリステアさんったら鬼だ……」

「え？」

私が鬼って、どういうこと？

「そんなに美味しそうな様子を見せられて、私が我慢できるわけないじゃないのぉ！　もう、わかったわよ！　クリア魔法かけたらいいんでしょう!?　除菌のイメージなんて元看護師の私にとって容易《たやす》いことよ！」

マリエルちゃんはガッと卵を手にすると、「除菌……除菌……サルモネラとか死滅するイメージで……」とぶつぶつ呟きながらクリア魔法をかける。そして、おそるおそる卵をテーブルにコン、コン、と当てた。

「……割れない。なんで？」

……まさか、そこからとは。

「もう少し力を入れないと卵にヒビは入らないわよ？」

「えっ……？　だって、力いっぱいやったら卵がグシャッて割れるじゃない」

マリエルちゃんはどうやら前世では力加減がわからず、卵をクラッシュしまくっていたらしい。……これは、特訓する必要があるわね。

「あっ！　で、でもゆで卵むくのは上手って言われたわよ？」

まあ、よっぽどのことがなければゆで卵はクラッシュしないからね。はいそこ、ドヤ顔しない。

軽くめまいを覚えつつマリエルちゃんに力加減を教え、どうにか無事に卵を割り入れさせる。さらに醤油《しょうゆ》をドバッと入れそうになるマリエルちゃんを抑え、なんとか卵かけごはんを完成させた。

「で、では……い、いた、だき……ます！」

マリエルちゃんはゴクリと喉を鳴らしながらも少々怯えている。だが、覚悟を決めたらしく、ガッと箸を口に運んだ。

「……っ！」

次の瞬間、カッと目を見開いたかと思うと、お茶碗を持ったまま俯《うつむ》いて震えはじめる。

「ど、どうしたの⁉　大丈夫？」

まさか、クリア魔法をかけそこなった？

でもそんなに早く食中毒の症状は出ないと思うけど……

「ぉぃしぃ……」

「え？」

「美味しぃぃ！　何これ、前世ぶりに食べたけど、こんなに美味しかったの⁉　卵かけごはんって‼」

マリエルちゃんはそう言うと、カカカッとかき込むように勢いよく食べはじめた。

「お、美味しかったのなら良かったわ。あ、そうだ。鰹節《かつおぶし》は……」

私がそう言うと、ピタッと食べるのをやめ、ギラついた目でお茶碗を差し出す。

……お茶碗の中は空だった。

「おかわりお願いします！　鰹節《かつおぶし》も！」

……うん、気に入ったみたいで良かった。

「ふぉうひへふぁ、ふぁっふぃのふぇんふぁふぁふぇほ」

「……ごめん、何言ってるかわからないから食べ終わってからにしてくれるかしら？　それに、お行儀悪いわよ」

マリエルちゃんが急に何か言おうとしたけれど、卵かけごはんを頬張りながらじゃさっぱりわからない。

私が指摘すると、マリエルちゃんは慌てて頬張っていたごはんを呑み込んだ。

「……んん、っと失礼。つい夢中になっちゃったものだから。ええとね、さっき話してた件だけど」

「さっき？　何の話だったかしら」

……卵かけごはんの話しかしてなかったと思うけど。

「バステア商会に行った話よ」

「ああ、そういえばそんなことを話していたわね」

マリエルちゃんがバステア商会に行ったものの、料理の腕が壊滅的であるがゆえに何を買えばいいのかわからず、結局は何も買えなかったって話だったよね。

「あそこにね、美少年がいたの！　日本人っぽい顔立ちで美少女と見紛うほどの凛《りん》とした美少年！」

マリエルちゃんは興奮しながらそう言うと、その姿を思い出すかのようにうっとりとした。

……それ、きっとセイだよね？　良かった、無事、王都に到着してたんだ。

それにしても、マリエルちゃんがセイと出会っているとは思わなかった。

……この様子を見るに、一目惚れでもしたのかな。確かに、セイは美少年だものね。

初めて会った時は美少女と信じて疑わなかったけれど、女《じょ》そ……もとい、変装していない時はちゃんと男の子だったし。

学園に入学して、同級生になると知ったら驚くだろうなぁ。

「そんなにかっこよかったの？　もしかしてマリエルさん、その彼に……？」

マリエルちゃんにそう聞くと、うっとりとしながらもフルフルと頭を横に振る。

え？　かっこよくて一目惚れしたとかじゃないの？

「いやぁ……あれはもう美人すぎてちょっと。あくまでも観賞用っていうか」

……あ、そうですか。

「それに、側にいたワイルド系のおにーさんとどんな仲なのか、興味というか妄想が止まらなくて」

きゃっ！　と頬を赤らめ、恥ずかしそうにモジモジとするマリエルちゃんは傍《はた》から見れば完全に恋する乙女だ。だけど騙《だま》されない、騙《だま》されちゃいけない。

その可愛らしい見た目に反して中身は腐っているのだ。

「王道ならワイルド系×美少年だけど、ドSな美少年×ヘタレなワイルド系も捨てがたい……！」

うふふ……とうっとりしながら何やら妄想が捗《はかど》っている様子のマリエルちゃん。

……ちょっと待て。そのワイルド系のおにーさんとやらは、もしかして白虎様なのでは？

し、神獣である白虎様になんてことを……いや、マリエルちゃんはうちの子たちまで妄想の餌食《えじき》にしかけた前科があるのだった。

注意したいけれど、セイの事情を説明できないのでどうしたものか。

「あ、あのね、マリエルさん？　そういう妄想は……」

「ああ、また会えないかなあ。どっちの組み合わせがいいか、もう少し観察して考えたいなぁ」

だめだ、聞いてない。むふぅん……と妄想するマリエルちゃんに再び話しかける。

「あのね、マリエルさん」

「クリステアさん！　近々お時間がある時にバステア商会にご一緒しません？　食材のことも色々教えていただきたいし！」

「えっ」

マリエルちゃんは突然顔を上げると、いきなり提案をしてきた。

「私だけだと何をどれだけ買えばいいのかわからないし、教えてください！　ね？」

マリエルちゃんが可愛らしくおねだりするけれど……

「バステア商会に行っても、何も買わないのに長居できないし、そんな状態で何回も出入りするのは気まずいからって、私をダシにしようとしてない？」

「うっ！　ばれたか……」

「ばれたか、じゃないでしょ……もう」

確かにバステア商会には行きたい。だけどセイと鉢合わせした時にマリエルちゃんの前で咄嗟《とっさ》に知らない人のふりができるか、自信がないんだよね。

白虎様なんて気軽に「お？　お嬢じゃん。いつこっちに来たんだ？」とか声をかけてきそうだもの。

……でも待って？　学園で初対面のふりをするより、入学前にバステア商会で知り合いになったってことにしたらいいんじゃない？　それなら学園で会った時に自然と話せるのでは？

「えーと、クリステアさん……？」

「え？　……あ、ああ。ごめんなさい、考えごとをしてたものだから」

「あの、忙しいならいいの。またの機会にでも……」

私がバステア商会に行くのを渋っていると思ったのか、マリエルちゃんが慌てたように言う。

「いえ、行きましょう。予定を確認するわね」

「え？　本当に!?　やったー！」

手放しで喜ぶマリエルちゃんを見ながら、どうやってセイと連絡を取ろうか思案する私なのだった。

王都の中で魔法の類《たぐい》を迂闊《うかつ》に使って何かあってもいけないしなぁ……うーむ。

そんなこんなで久々の楽しい時間は終わりを告げ、後日一緒にバステア商会へ行く約束をしてマリエルちゃんは帰っていった。

ちゃっかり和食や和菓子のお土産《みやげ》をインベントリに収納して……

『あの小娘はやっと帰ったのかい』

輝夜はマリエルちゃんがいる間どこかに隠れていたようで、やれやれといった様子で出てくると、輝夜のお昼寝用に準備された寝床にどっかと寝転んだ。

どうやらマリエルちゃんのことが苦手なようだ。

『くりすてあ、おちゃかいたのしかった？』

真白は、私がマリエルちゃんとの再会を楽しめるように遠慮してくれていたらしく、今はべったりだ。

私はもふもふを堪能しつつ答える。

「ええそうね、楽しかったわ」

『主《あるじ》が楽しかったのなら良かった』

黒銀が私の足元に座り尻尾を振っている。

「ふふ、今度マリエルちゃんとお買い物に行く約束をしたのよ」

『おでかけする？　おれ、ごえいする！』

『我も当然ついていくぞ』

真白がはりきって護衛に名乗りを上げると、黒銀も当たり前のように言う。

黒銀はともかく、真白は護衛には見えないんじゃないかな……と思ったけれど黙っておくことにした。

「黒銀たちは出歩いても大丈夫なの？　聖獣ってバレたりしない？」

『我は人型で人里に下りる際に気づかれたことはない』

『だいじょうぶじゃない？』

得意げな黒銀と楽観的な真白。警戒してるのは私だけ？

『考えてもみろ、あの獅子が街中《まちなか》をふらついておるのだぞ。にもかかわらず、騒ぎにならぬということは、聖獣だと気づかれておらぬからだろう？』

「あ……」

確かに。我が国の象徴とも言える聖獣のレオン様が、下町の屋台で串焼きを買っていたりするのだ。気づかれていたら大騒ぎになってるんじゃないの？

私も初めてレオン様と会った時は聖獣とわからなかったし。

……てことは、黒銀たちも聖獣と気づかれることはないのかも。

『それに、我はすでに街を探索済みだ』

黒銀がサラッと爆弾発言をした。

「えっ⁉　いつの間に！」

『主《あるじ》が寝入ったあとだ。ちと酒場へ行ってみたくてな』

なんと。黒銀ったらちゃっかりお酒を飲みに出かけていただなんて。

『おれもいきたかったなぁ』

真白が残念そうに呟くと、黒銀はフン！　と鼻を鳴らして答える。

『お前のような小童《こわっぱ》なんぞ連れていくわけがあるまい。そもそも怪しい輩《やから》はおらぬか偵察に行ったのだからな。酒はついでだ』

……ついでと言いながらもちゃっかり飲んできてるんじゃないの。偵察と聞いて感心したのに。

まあいいけど……

「黒銀ったらそんなことしてたの？　お金はどうしたの？」

『冒険者ギルドで稼いだ金がある』

あ、そうか。黒銀は冒険者登録をしてるから魔物を討伐した時の報酬があるんだ。

黒銀は使い道もないし、私が主人だからと全部私に渡そうとしたけれど、黒銀が稼いだお金だし、何かあった時のために本人に管理させていたんだった。

まさか飲み代に使っていたとは。

人型の黒銀は見た目大人の男性なんだし、文《もん》なしというわけにもいかないだろうから自由にさせているけど、真白のことも考えるとお小遣い制のほうがいいのかな。お父様に今度相談してみよう。

『偵察した限りでは、王都には聖獣や魔獣と契約している者は少なそうだ。そもそも契約など魔力の高い者でなければ縁のないことだし、獅子が王都を害するような者を野放しにはせぬだろうからな』

なるほど。そう考えるとレオン様が下町に行くのはお仕事の一環なのかもしれない。

「それなら、黒銀たちが出歩いても大丈夫なのかしら。あのね、マリエルちゃんとバステア商会に行く約束をしたの」

『む、ここでもまた白虎やあの喧《やかま》しい鳥に会いに行くつもりか？』

喧《やかま》しい鳥って……まさか朱雀様のこと⁉

黒銀こそ王都まで来て喧嘩とかやめてよね⁉

「いえ、そうじゃないのよ。マリエルちゃんがバステア商会で取り扱う食材に興味があるそうなんだけど、よくわからないから買い物に付き合ってほしいんですって」

『まりえるはりょうりできるの？』

真白の素朴な疑問にうっとなる。真白くん、鋭い指摘だね！

「うーん、ちょっと……いや、かなり苦手なようだから簡単に使えるものを選んであげるつもりよ」

あまりあれこれと買っても、マリエルちゃんの場合、無駄になる可能性がある。それを回避するためにも私がしっかり監督しなくてはと思っている。

「だから、今回はセイたちと会う予定はないけれど、ばったり出会ったら白虎様たちがちゃんと知らないフリできるのか心配なのよねぇ」

『しらないふりするの？　どうして？』

「セイも私と同じ学園に入学予定なんだけど、セイは男の子として入学する予定なの。でも、私が親しくしていたのは女の子のセイってことになっているから……。セイが女の子の格好をしていたことは公《おおやけ》にできないし、男の子のセイとは面識がないことになるでしょ？　だから、当面は知らないフリをしたほうがいいかなって」

セイは複雑な生い立ちのせいで、ヤハトゥールの正妃から命を狙われている。

そのため留学という名目で海を渡り、はるばるドリスタン王国まで逃れてきたそうだ。

さらに養《やしな》い親と懇意にしていたバステア商会で匿《かくま》われている間は、身を守るために女の子の姿で過ごしていた。

私はその時のセイと仲良くしていたから、家族や領地の使用人たちはセイが男の子とは知らないのだ。バレたらとんでもないことになるのは目に見えている。

『しらないふりするのにいくの？』

「私の目的はセイたちに会うことじゃないからね」

マリエルちゃんは違うみたいだけど。

「どうにかしてセイたちに商会に行くことを伝える方法ってないかしらね」

この屋敷には魔力探知に長《た》けたお兄様がいるので、転移でセイのところへ行くと、私の気配が消えたことに気づいたお兄様にどこへ行ったのか詮索されそうだ。白虎様たちに念話で連絡を取ることも考えたけれど、安全性を重視してやめた。私が王都にいるのに白虎様が転移でごはんをねだりにこないのは、我が家が王宮に近いからかもしれないし。レオン様に察知される可能性があるものね。

『ふむ。ならば我がバステア商会に文を届けるとしようか』

「えっ？」

『伝言でも構わぬが、正確に伝えたいのなら文のほうがよかろう。気配で白虎らの居場所はわかるし、我が近くまで行けば白虎のことだ、必ず接触してくるだろう』

……やだ、黒銀ったら頼れるぅ！

「お願いしていいかしら？」

『うむ』

そうと決まれば善は急げとばかりにレターセットを取り出し、セイにお手紙を書く。

「黒銀、悪いけどこれをお願いできる？」

私はそう言って黒銀に手紙を差し出した。

「うむ、任せるがいい。今すぐ参ろう」

人型に変化した黒銀は手紙を受け取り、転移しようとする。

「ちょ、ちょーっと待って!?　転移で行くの？」

「そうだが？」

黒銀って、慎重なのか雑なのかわかんないわ。人通りの多い街中《まちなか》にいきなり現れたりして大丈夫なの？

「バステア商会の所在はすでに確認しておる。人気のない場所へ転移し、白虎と落ち合うだけだ」

あ、慎重なほうだった。良かった。

「そう。ああ、そうだ。せっかくだし、差し入れも持っていってくれないかしら？」

大食らいの白虎様たちのことだから、大量に渡した料理も既に底をついているかもしれない。

「……主《あるじ》は少々奴らに甘くないか？」

『うん、あまやかしすぎだよ？』

私の作る料理には魔力が込められているからか、契約聖獣である自分たちをさしおいて神獣たちにくれてやるのはどうにも納得がいかないらしい。二人とも私のごはんと魔力に惹《ひ》かれて契約してくれたしね。

私が望んでしていることなので止めたりはしないけれど、本当は気が進まないのだろう。

「私としては魔力を分けているつもりはないし、遠く故郷を離れて生活しているセイにせめて料理だけでもと思ってるだけよ。セイにだけあげて、四神獣の皆様たちにはなしってわけにもいかないし」

「主《あるじ》が優しいのは承知している故、引き受けるが、奴らが既に他の者と契約済みでなければどんな手を使ってでも遠ざけているところだ」

『そうだ、そうだ』

「もう。あなたたちが私と契約したのは白虎様が紹介してくれたおかげじゃないの。そんなこと言うもんじゃないわ」

「わかっておる。だからこうして引き受けているのだ」

黒銀は嘆息しつつ、私がインベントリから取り出した料理の数々を受け取る。

「セイや白虎様たちによろしく伝えてね。できれば手紙を読んだあと、当日どうするのか教えてほしいけれど」

当日私たちとあえて接触して、入学前に知り合いになっておくのか、会わずに知らないふりを続けるのか。

個人的には知らんぷりってしんどいし、食いしん坊の皆様が我慢できるとは思えないから、マリエルちゃんといる時に、セイとは偶然バステア商会で出会って知り合いになった、ということにしておきたいんだよね。

聖獣契約者同士、協力しあえることもあるだろうし、できれば今までどおり仲良くできたらいいなって思うんだ。だって、私とセイは友達だもの。

貴族の令嬢が、特定の男子生徒と仲良くするっていうのは外聞が悪いかもしれないけれど、留学生に親切にしてるって体《てい》で押し切ったらいいんじゃない？

そのためにも、今回知り合っておくのはとてもいい手なのではないかと思う。うん。

「手紙を受け取ってすぐには決められぬのではないか？　明日にでもまた返事を受け取りに行けばよかろう」

「ありがとう！　助かるわ」

「……甘いのは我も同じか。主《あるじ》よ、我は戻ったらベーコンが食いたいぞ」

「まかせて！　厚切りにしてあげる」

何なら、お酒も付けようではないか！　私だって彼らを平等に甘やかさないとね。

「うむ。行ってくる」

そうして黒銀はセイへの手紙と差し入れを携《たずさ》えて転移していった。

『いいなあ、ベーこん……』

自分は役に立っていないからもらえない、と真白はしょんぼりしている。

「あら、真白にもベーコンはあるわよ？」

『え？』

「だって、真白は黒銀がいない間、私を護衛してくれるんでしょう？　当然の報酬よ」

『うん！　おれ、ごえいがんばる！』

真白は私にぎゅっと抱きつく。

『へへ……くりすてあ、だいすき』

「ありがとう。私も皆のこと大好きよ」

『すきなのは、おれだけで、いいよ？』

「もう、そんなこと言わないの」

『はぁい』

あー、真白可愛い！　うちの子ほんっと可愛い！

私が真白をもふもふしていると、てし、と輝夜が私の腕に肉球を押し付ける。

『当然、大好きなアタシにもベーコンはあるんだろうね？』

『かぐやは、やくたたずだから、ない！』

『なんだってぇ!?』

「こらこら、ケンカしたらごはん抜きって言ってるでしょう？　これ以上ケンカしたら二人ともベーコンはなしよ？」

『『うっ！　……わかった』』

「よろしい」

ケンカするほど仲がいいって言うけど、これはどうなのかしらね。

『アタシの分もあるなら文句はないよ』

輝夜は私の横で丸くなる。

『かぐやは、もっとくりすてあのやくにたつべき』

真白は輝夜が遊んでばかりだと憤慨している。

「あら、輝夜も頑張ってくれているのよね？　屋敷内をよくパトロールしているんでしょう？」

ミリアの話によると、輝夜は王都の屋敷についてから何かを探すようにあちこち歩き回っているらしい。不審な点はないかと探ってくれているのかなと思ったんだよね。

『は、はぁ!?　そ、そんなわきゃないだろ！　ア、アタシはほら、アレだ。運動不足にならないように気をつけてるだけさ！』

輝夜は焦ったように言うと、そっぽを向いてふて寝してしまった。

もう、輝夜ってば素直じゃないなあ。このツンデレさんめ！


「主《あるじ》、戻ったぞ」

待ちくたびれて、もうそろそろ就寝しようかと思いはじめた頃、黒銀が転移で戻った。

「遅かったのね。もう寝ちゃおうかと思っていたところよ」

「すまぬ、白虎の阿呆に引き止められて遅くなった」

黒銀は、ムスッとして言うと、するりと聖獣の姿に戻った。

「お疲れさま。皆様は元気だった？」

私は黒銀を労《いたわ》るように撫でながらセイたちの様子を尋ねる。

『うむ。白虎と落ち合ったのだが彼奴《あやつ》は無駄に元気だった。彼奴《あやつ》が暇を持て余しておったせいで飲みに付き合わされたのだ』

「あらら、それはそれは……」

酒場で黒銀が暇で暇で仕方ない白虎様に絡まれ愚痴《ぐち》られる姿が目に浮かんで苦笑する。

『白虎に手紙を渡しておいた。明日早いうちに返事を受け取りに行く』

「ありがとう、黒銀。そうだ、ベーコンを……」

『いや、もう夜も遅い。明日返事を受け取ってからでいい』

「え、でも……」

『ちょいと！　アンタが戻ってくるのを皆で待ってたんだからね！　アンタがそんなこと言っちゃ、アタシらが食べらんないじゃないか！』

お預けを食らっていた輝夜がダンダン！　と床を叩いて抗議する。

『うん？　何故お前が食べねばならんのだ？』

『アタシたちも食べるんだよ！　アンタが戻るまで待ってって言うから待ってたのに、明日でいいわきゃないだろッ』

「輝夜ったら」

確かに「黒銀が帰るまで我慢ね」って待たせたけど……

『おれたち、まってた。でも、たしかにおそいからおれもあしたでいいよ』

『なっ！　う、裏切り者ー！』

輝夜は、同様に待っていた真白が自分に同調しなかったので衝撃を受けているようだ。

『くりすてあは、もうねるじかん。だから、しかたない』

『うむ。主《あるじ》の健康を害してまで食べようとは思わぬ』

やだもう、優しさが染みるじゃないの。

『う……し、仕方ないね。明日は絶対だよ！』

輝夜は分が悪いと感じたのか、渋々引き下がった。

「いいの？　サッと焼くだけならすぐできるわよ？」

『主《あるじ》は気にせずともよい。明日は期待しているからな。さあ、早く休むといい』

私の言葉に反応した輝夜を黒銀は自分の尻尾でばさりと隠し、就寝を促《うなが》した。

「そ、そう？　じゃあお言葉に甘えて……」

輝夜を抑える黒銀と真白を横目に、私は寝室に向かったのだった。


翌日。黒銀は再びバステア商会へ向かい、返事を受け取ってきてくれた。

「主《あるじ》、戻ったぞ」

「ありがとう、黒銀。ご苦労さま」

私は手紙を受け取り、約束どおりぶ厚く切ったベーコンや、ベーコンたっぷりのスパニッシュオムレツなどのベーコン料理を皆にふるまった。

皆が幸せそうに食べている間、セイの返事を読む。

手紙は、「たくさんの料理をありがとう」というお礼の言葉から始まっていた。

王都までの道中も食事に困ることなく非常に助かったそうだ。ああよかった。

そして、そろそろストックも尽きかけていたので、追加の料理が届いてさらに助かったとあった。

……白虎様たち、あれだけの量をもう食べちゃったのか。嫌な予感が当たったわね。

あのまま放置していたら「飯食わせろ！」ってこっそり白虎様がやってきたかもしれない。うわあ、危なかった……

私がバステア商会に行くことについては、「確かに事前に店で知り合ったことにしておけば、学園でも元々顔見知りだったと言い訳できるだろう」とのことで、「クリステア嬢が来店する予定の時間には店内にいるようにしておく」とあった。

さらにマリエルちゃんも一緒に行くため「うっかり親しげに話しかけないよう、白虎たちにも厳命しておく」とあった。これで安心してバステア商会に行けるわね。

あとは、どうやって学園で話しても不自然にならない程度に仲良くなるかだなぁ……

# 第八章　転生令嬢は、お友達とお出かけする。

黒銀のおかげでなんとかセイと連絡が取れたので、私はマリエルちゃんと念願のお買い物をすることになった。

王都には、王宮に一番近い貴族街、それを取り囲むようにして商人街、そしてさらにその外側に下町がある。街の中心にある王宮に近くなればなるほど、そこに住まう者の身分が高くなっていく……という造りなのだ。

バステア商会の王都支店は、商人街の中頃、貴族街と下町のちょうど中間あたりにあるらしい。

ちなみに、マリエルちゃんのお父様が会頭を務めるメイヤー商会は商人街にあるため、メイヤー男爵邸は貴族街の中でもかなり商人街に近いところにあるとのこと。うんうん、利便性を考えるとそうなるわよね。

今回私は人型になった黒銀と真白と一緒にバステア商会に行くべく、馬車に乗り込み、途中でマリエルちゃんを拾うことにしたのだった。

我がエリスフィード家は、貴族街の中でも特に王宮に近い、最奥のあたりにあるので、マリエルちゃんのお家とはちょっとだけ距離がある。

私は馬車に乗るのが好きじゃないけれど、貴族街は石畳がしっかり整備されているので領地より振動が少なかった。

良かった、これなら学園に入学して週末に馬車で自宅に帰るときも憂鬱《ゆううつ》にならなくて済むかな。

それにしても、今日はマリエルちゃんとお買い物かぁ……うはぁ、楽しみ！

領地の街でミリアとお買い物するのも楽しかったけれど、ミリアは侍女という立場上、私優先という姿勢を崩さなかった。だからお友達と楽しくショッピングなんていうのは、前世ぶりなのだ。

色々と店内を物色したいけれど、とりあえず今回のミッションは「バステア商会王都支店でマリエルちゃんのために食材を選んであげること」と、「セイたちとさりげなく知り合いになること」の二点だ。

だけど、この「さりげなく」というのがなかなか難しい。

セイが女《じょ》そ……いや、変装していたら同性に見えるので「まあ、素敵なお召し物ね」と着物を褒め、話しかけるきっかけにするところだけれど、今回は男の姿のセイと仲良くならなければならないのだ。

だけど「良家のお嬢様が街で見かけた男の子に声をかけて親しくなる」というのは、この世界ではなかなかハードルが高い。

そもそも貴族の令嬢は街のお店まで出向いてお買い物なんてほとんどしないし、ましてや逆ナンなんてするわけないよね……

しまったなあ、どうやって知り合いになるかまでは打ち合わせてなかったよ。

私たちの来店時に、さりげなく店内にいてくれるらしいので、店員と間違えたフリをして話しかけるしかないかなぁ。

完全なるノープランのまま、馬車はマリエルちゃんが待つメイヤー男爵邸に到着した。

マリエルちゃんのお家は、貴族街と商人街を隔《へだ》てる壁から目と鼻の先にある、こぢんまりとしたお屋敷だった。

小さな庭を抜け、車寄せに馬車を止めるとすぐに玄関の扉が開き、マリエルちゃんが出てきた。

そのままマリエルちゃんを馬車に招き入れ、バステア商会に向かう。

「クリステアさん、迎えに来てくださってありがとうございました！」

聞けば楽しみにしすぎて玄関で私が来るのを今か今かと待っていたそうだ。

なんだか初めてのお茶会の時の私みたいで、そんなに楽しみにしてくれるなんて嬉しいなと思ったけれど、すぐにマリエルちゃんが何を楽しみにしているのかに気づき、少し真顔になってしまった。

「ええと、今日はバステア商会で食材を買いたいのよね？」

「え、食材？　……あ。ええ、はい食材でしたね。いやー、ヤハトゥールの食材、楽しみですね！」

……これはすっかり忘れてたって顔だね。思わずジト目で見つめるけれど、マリエルちゃんは
「今日は快晴でお買い物日和《びより》ですねー！」なんて、窓の外を見て目を合わせようとしない。

黒銀や真白同様、妄想の対象にするのは勘弁してあげてほしいけれど……知り合いでもない（と

いうことになっている）セイのことまでは口出ししづらい。私に制限する権利なんてないものね。

まあ、セイと友達になれば、自然とそういう妄想や発言はしないと思うんだけど……そう願いたい。

気を取り直してマリエルちゃんとおしゃべりしているうちに、馬車がバステア商会に到着したようだ。

黒銀のエスコートで馬車を降りた私は、バステア商会王都支店の建物を見上げた。

「なかなか立派な建物ね……」

商人街のメインストリートから少しだけ外れているようだけど、立地的には悪くない場所みたい。

この世界は建物を建て替えるということは滅多にしないので外観は他と代わり映えしないが、中はそれなりにヤハトゥールらしい設《しつら》えを意識しているようだ。うん、いい感じ。

「じゃあ、入りましょうか」

王都支店の品揃えはどんな感じなのかしら、楽しみだわぁ。

「ええ、入りましょう！　ああ、今日はいらっしゃるのかしら……」

マリエルちゃんはうっすら頬を染めてそわそわもじもじしている。

マリエルちゃんの本性を知らない人には恥じらう姿が愛らしく見えるのだろうけれど、私は騙《だま》されないぞ……！

あれは「今日も萌えを補給できるのかしら」と期待に萌えているのだ。

私は「マリエルちゃんとセイを引き合わせるなんて早まったかもしれない」と思いながらバステ

ア商会に入った。

「わあ……」

中に入ると、ヨーロピアンな雰囲気の外観から一転、和と洋が程よく調和したオリエンタルな雰囲気で、思わず見惚《みと》れてしまった。

「本当に素敵ねぇ。前世《むかし》は気にも留めなかったけど、独特の美しさがあるわね」

マリエルちゃんもヤハトゥールの美術品や調度品の数々に目を奪われている。

「……でもやっぱり美術品扱いなのね」

ディスプレイされた一角を見ると、お茶碗を花器にして花が生けられていたり、塗りの汁椀にアクセサリーを置いて小物入れになっていたり……

着物もあるけれど、タペストリー代わりに壁に貼り付けられているし、帯なんてテーブルセンターになっている。

まあ要するに「海外で日本のものがこんな風に使われています」みたいな感じ。

素敵にディスプレイされているから、こういうのもありかもね、とは思うけれど……

「うーん、この手の輸入品はお値段がそれなりにするからねぇ。クリステアさんみたいに日常使いする人なんて、この国にはほとんどいないんじゃないかしら」

「……確かにそうかも」

領地のバステア商会本店で食器を大量に購入した時に「これだけの数、何に使われるのですか？」と聞かれ、食器だから当然本来の用途に使うと答えたら、「な……！　よ、よろしいのですか？」と引かれたもの。

いや、これ食器だよね……？　と逆にびっくりしたんだけど、確かにドリスタン王国の料理にはあんまり合いそうにないから、こういう使い方に落ち着いたのかもしれないな。

「私もさすがにこれを日常使いにはできないかな。でも、お箸くらいは欲しいかも。スプーンやフォークで食べるのは味気ないのよねぇ」

「そうねぇ。マイ箸くらいはあるといいと思うわよ」

簡易的に使うくらいなら、枝を削り出して作ったもので十分だけどね。でも職人が作った先の細いお箸は使いやすさが違うのだ。

「そうよねぇ……う、ちょっとお小遣いでは厳しいけど、買えなくもないかぁ。塗りのお箸の可愛いのを一緒に選んでもらえるかな？」

「いいわよ。お箸は……ああ、あそこに色々あるわね」

私たちはカトラリーの置いてある一角に移動し、マリエルちゃんの手に馴染《なじ》むお箸を選ぶことにした。

一口にお箸といっても色々ある。塗りだけでなく、木目を生かすために綺麗に磨き上げたもの、男性・女性・子ども用と柄やサイズも様々だ。

私たちはまだ手が小さいこともあり大人用の箸は使いづらいので、マリエルちゃんの使いやすい長さの箸をいくつかピックアップすることにした。

手に合う箸の長さは、親指と人差し指を直角にして広げた長さの一・五倍だと前世で聞いたことがあるので、マリエルちゃんに手を広げてもらい、長さを確認してから箸を探した。

あいにくと子ども用はさほど数がなかったけれど、その中に朱色の塗りのお箸があり、マリエルちゃんはそれに決めた。

「クリステアさん、ありがとう！　あやうく大人用を買っちゃうところだったわ」

「どういたしまして。一時的に使うなら大人用でもいいけれど、日常的に使うのなら、手に馴染《なじ》むもののほうがストレスがなくていいものね」

「確かに、実際に手にしてみたら大人用だとちょっと大きくて使いにくそうだったわ。ほんの少しのことだけど、違うものなのねぇ」

私たちは前世で使い慣れていたから多少大きくても大丈夫だとは思うけれど、それでも手に馴染《なじ》むものを使うのに越したことはないからね。

「さて、今度は食材を見てみましょうか」

食材コーナーらしき一角を見つけたのでそちらへ向かおうとした時、後ろから声をかけられた。

「お嬢様方、ヤハトゥールの品にご興味をお持ちですか？」

え？　女性の声？

振り返ると、そこには燃えるような緋色の髪をした美女が……って、朱雀様!?

「な、なん……」

私は突然現れた朱雀様を前に動揺していた。なんで朱雀様がここに？

ちょっと、セイ！　抑えておいてほしいのは白虎様だけじゃなかったんだけど!?

「どうかなさいまして？」

朱雀様は魅惑的な笑みを浮かべ、首を傾げながら問いかけてくる。

「い、いいえ。なんでもありませんわ」

私は慌てて笑みを浮かべ、動揺を押し隠した。

いきなり「クリステア様ぁ！　プリンが！　茶碗蒸しが！　いただきたいのですわあああぁ！」とか言って突進してこなかったから良かったけど……朱雀様ったら、いったいどういうつもりなの？

朱雀様はゆったりと髪を結い、いつものシャツとトラウザーズという男性のような格好ではなく、着物地を使った、チャイナドレスと着物をミックスしたような服を着ていた。

スタイルが良いのでメリハリボディがかなり強調され、よく似合っている。

「本日はお客様にヤハトゥールのお茶をお試しいただこうと、お茶の席をご用意しておりますの。お時間がありましたらぜひお試しくださいませ」

朱雀様が艶然《えんぜん》と微笑むと、隣から「ふわあ……迫力美人……眼福ぅ」と呟く声が聞こえた。そちらに目を向けると、マリエルちゃんが朱雀様に見惚《みと》れている。

「マリエルさん？」

「……ハッ！　あ、あの、クリステアさん、どうします？」

マリエルちゃんの顔には「ちょ、ねえ、行きましょ！　迫力美人とお近づきになりたい！」と書いてある。

「そうねぇ……せっかくですからいただきましょうか？」

朱雀様が何を企《たくら》んでいるのかはわからないけれど、きっと考えがあってのことなのだろうし、提案に乗ることにした。

「ではこちらへ……」

朱雀様の誘導に従って、商会の奥へ進んでいく。やがて、いくつもある商談ルームのひとつの前で立ち止まり、ドアをノックして中にいるであろう人物に声をかけた。

「お客様をお連れいたしました」

「どうぞ」

聞き覚えのある声がして「あれ？」と思う間もなくドアが開く。

「いらっしゃいませ。ようこそ」

「あ……っ」

「セ……！」

部屋の中にいたのは、セイだった。

藍色の着物にグレーの袴《はかま》を身につけ、髪は同じく藍色を基調とした組紐できっちりひとつに結わえている。

女物の着物を着ていたときは、うっすらとお化粧をしていたこともあって女の子にしか見えなかったけれど、こうして凛《りん》とした姿を見ると、もう間違えようがなかった。

「彼がヤハトゥールのお茶を点《た》てますわ」

では、ごゆっくり……と、朱雀様は私たちをセイの前の席に誘導し、するりと部屋を出ていった。

「クリステアさん。彼ですよ！　例の！」

マリエルちゃんが小声で私に耳打ちする。

うん、知ってる。ああ、びっくりしたぁ。

まさか堂々と引き合わせられるとは思わなかった。てっきり、店内で偶然を装《よそお》って出会うのだと思っていたから。

「ヤハトゥールのお茶は初めてですか？」

セイはニコリと微笑み問いかける。

「あ……いいえ。煎茶《せんちゃ》などは好んでよく飲みますわ。とても飲みやすいので愛飲しておりますの。抹茶《まっちゃ》も」

「ありがとうございます。ではヤハトゥールのお茶の作法などは？」

お茶……セイの前に並べられた茶器などの道具は、前世の茶道のものによく似ていた。セイとはテーブルを挟んで向かい合わせに座っているので、茶道で言うところの立礼式のようなものだろうか。

だけど、ドリスタン王国の公爵令嬢が茶道のことに詳しいのは変なので、「いいえ」と答えておくことにした。

「そうですか。まずはお試しいただきましょうか」

セイはそう言って、流れるような所作でお抹茶《まっちゃ》を点《た》ててくれた。

「作法などはお気になさらず、お好きなように楽しんでください。こちらは、お茶菓子になります」

いつのまにか部屋に戻ってきていた朱雀様の給仕で私たちに出されたのは羊羹《ようかん》だった。

……あれ？　これって私が作った羊羹《ようかん》……だよね？　まさか、玄武様にあげた分なんじゃ……？

うわあ、玄武様、怒ってないかな。

……いや、玄武様のことだから怒るのも面倒くさがりそう。申し訳ないから、今度また羊羹《ようかん》を差し入れしよう。私は羊羹《ようかん》を食べ、お抹茶《まっちゃ》を口にした。

「わあ……っ、美味しい！」

マリエルちゃんが大きな声を上げたけれど無理もない。本当に美味しい。苦いはずのお抹茶《まっちゃ》が、ほんのり甘く口当たりもまろやかだ。

「本当、とても美味しいですわ」

私は驚きを隠しつつ、にっこり笑ってマリエルちゃんに同意した。

セイがこんなにお茶を点《た》てるのが上手だなんて知らなかった。もう、私の下手くそなお茶を今まで黙って飲んでたなんて。恥ずかしいじゃないの。

「ありがとうございます。お気に召したらぜひご自宅でもお試しください」

セイはニコリと微笑み、道具や点《た》て方の説明を始めたのだった。


「……まあ、では貴方もアデリア学園に入学なさるの？」

マリエルちゃんが目を大きく瞬《またた》かせてセイと話している。お茶についてひととおり教わってからは、たわいもない会話が始まり、自然と学園の話となったのだ。

「ええ、僕は留学生としてアデリア学園に入学することになっています。昨年から準備も兼ねてヤハトゥールから海を渡り、所縁《ゆかり》のあるバステア商会に身を寄せていました。お二人も学園に？」

セイは穏やかな笑みを浮かべて答えた。

「はい！　私と……あ、失礼いたしました。私、マリエル・メイヤーと申します。彼女は、クリステア・エリスフィード様です。私たちも春に入学するんです！」

マリエルちゃんはセイが同級生と知って嬉しそうだ。

「こちらこそご挨拶が遅れ失礼いたしました。僕はセイ・シキシマと申します。春から同級生なんですね」

「クリステア・エリスフィードです。こちらこそ、よろしくお願いいたしますね」

うう、今さら自己紹介しあうのって気恥ずかしいし、マリエルちゃんに内緒なのがちょっぴり申し訳ない気がするわ。

「失礼ですが、メイヤー様はもしかしてメイヤー商会の……？」

あら、セイはマリエルちゃんの家名に聞き覚えがあるみたい。

「あ、マリエルとお呼びください。ええ。メイヤー商会は私の父が会頭をしております」

マリエルちゃんは、家族が同業者であることを知られたせいか、少し気まずそうだ。

「そうでしたか。当商会の会頭がメイヤー商会には一目置いていると言っていたものですから。貴女のお父上は素晴らしい目利きだとか」

「ま、まあ、そんな。お恥ずかしいですわ。うちはこちらの商会のように美術品になるような品ではなく、日常で使うものばかり扱う小商《こあきな》いですもの」

マリエルちゃんは照れくさそうに答える。

「あら、日頃使うものだからこそ、いいものを選べる審美眼を持っているのは素晴らしいことよ？」

「もう、クリステアさんまで。おだてても何も出ませんからね！　……父には伝えておきますけど！」

マリエルちゃんは恥ずかしがりながらも嬉しそうだ。

「クリステア様は、エリスフィード公爵家の令嬢ですよね。当商会を大変ご贔屓《ひいき》にしてくださっているそうで」

セイは笑顔で私に話題を振ってきた。ご贔屓《ひいき》もなにも、バステア商会に初めて訪れた時がセイとの出会いだし。

もう、セイってばポーカーフェイスが上手なんだから。

私ばっかりワタワタと取り乱して情けないったらないわ。

行き当たりばったりノープランな私と違って、ちゃんとこうして知り合うきっかけまで考えていてくれたなんて……お礼に今度たくさんご馳走しないとね。

「ええ、私、こちらの商会で取り扱っているヤハトゥールの食材を使った料理を殊《こと》の外《ほか》気に入っているものですから」

「それはヤハトゥールの者として嬉しいお言葉ですね。僕もこの国にいる間は故郷の味が食べられないと思っていたので、バステア商会は大変ありがたい存在です」

「ええ、私も王都でもこうして食材が手に入るとわかり、嬉しいですわ。ああ、そうだわ。機会があったらヤハトゥールの方に、我が家のヤハトゥール料理を召し上がっていただきたいですわ」

「それは嬉しいお話です。機会があればぜひご相伴《しょうばん》にあずかりたいですね」

「ええ、ぜひ」

よしよし。これでおセイちゃんの姿ではないセイとも公的に知り合いになれたわけだし、差し入れもできるだろう。セイも嬉しそうだし、よかったぁ。

……朱雀様、ごはんをご馳走する話になった途端、そわっとしないでくださいよ……期待に満ちた瞳でこちらを見ても、今は何も出ませんからね!?


私たちはしばらくセイとおしゃべりを楽しんで、買い物をするために店頭に戻ることにした。

「セイ様、今日は楽しかったですわ。学園では同級生になることですし、仲良くしてくださいませ」

「ええ、ぜひ。単身故郷を離れ、心細く思っていたところですから嬉しいです」

よしよし、これで学園でセイに声をかけても不自然じゃなくなったわね。

マリエルちゃんも一緒に仲良くなれたことだし。むふふ、入学後は楽しくなりそう!

「こちらこそよろしくお願いしますわ」

私とセイはにっこりと笑い合い、今回の任務完了《ミッションコンプリート》を確信した。

「あ、わ、私こそよろしくお願いいたします！　あ、あの……セイ様にお聞きしたいことがあるのですが……」

マリエルちゃんはおずおずとセイに声をかけた。

「……？　なんでしょう？」

あっ嫌な予感……

「以前お店に伺った際に店頭でセイ様をお見かけしたのですが、その時ご一緒されていた方はお連れ様でしょうか？」

マリエルちゃあああああん!?　ずっと物言いたげな表情をしていたと思ったら、それが気になってたってことぉ!?　マリエルちゃんの自重が行方不明なんだけど!?

「連れ……ですか？」

「ええ、白金に黒がまじった髪の男性です！　とても仲睦まじく見えたものですから！」

ちょおおおお？　マリエルちゃん!?　前のめりすぎてセイが若干引いてるから！

「仲睦まじく……？　さあ、いたかな……」

ああ、若干どころかドン引きしてそう。

「ええ、確かに！　あの方とはどういったご関係……むぐっ」

「ささ、マリエルさん、あまり長居してはいけませんわ！　お買い物をして帰りましょう。セイ様、それではごきげんよう」

私はマリエルちゃんの口元を塞ぎ、ホホホとごまかし笑いを浮かべつつ部屋を出たのだった。

セイがぽかんとした顔で見送ってたよ……今度どう説明したものか……頭が痛い。

商談ルームを出て店頭へ向かう途中で、私はようやくマリエルちゃんの口元から手を離した。

「ぷはぁっ！　クリステアさん、酷いよぉ！　気になってたのに聞けなかったじゃないのおっ」

「いやいや。セイ様、若干どころかドン引きしてたからね？　同級生なんだからおいおい聞けばいいじゃないの」

「ええー……このままじゃ気になって夜しか眠れないよぉ」

「いやいやいや。夜に眠れるんなら十分でしょ……」

マリエルちゃんはうるうると瞳を潤《うる》ませるけれど、騙《だま》されないぞ。

私は知ってるんだからね、その脳内には腐海が広がっていることを……

「うう……せっかく萌えが補充できるかと思ってたのに。謎の美女の登場で波乱の展開に……セイ様の恋の行方はどうなっちゃうの？」

……朱雀様のことを言ってるんだと思うけど、違うから。白虎様とは食べ物のために低レベルの争いを繰り広げるような仲だから。ぬああ、言えないのがもどかしい！

「……まあまあ、それは今後のお楽しみってことにして、今日のところは知り合えたのが収穫ってことでいいじゃない」

「まあ、それはそうですけどぉ……」

マリエルちゃんはそれだけじゃ物足りないみたいで、セイのいる商談ルームのドアを名残惜しそうに見つめていた。

「さあさあ、お買い物をしてどこかにお茶しに行きましょう！　マリエルさんのおすすめスイーツを教えてほしいわ！」

「ええー？　今お茶したばっかりじゃない。スイーツだってクリステアさんが作ったもののほうが美味しいもの」

「わかったわ、美味しいお茶を買って帰りましょう！　我が家でお菓子を提供するわ」

「さ、クリステアさん！　早く行きましょう！　お茶、どれがいいかわからないので一緒に選んでくださいね」

「え、ええ……」

私はマリエルちゃんの鮮やかな手のひら返しに唖然としつつ、スタスタと店頭に向かう彼女のあとを追ったのだった……


バステア商会の店頭へと戻った私たちは、抹茶《まっちゃ》や煎茶《せんちゃ》などお茶を数種類、それから補充しようと思っていた食材や小物をいくつか買って馬車に乗り込んだ。

「くりすてあ、おかえり！」

「主《あるじ》、遅かったから心配したぞ」

人型の黒銀と真白は一緒にいると目立ちそうだったから馬車で待機してもらっていたんだけど、正解だったわ。まさか朱雀様が出てくるとは思わなかったもの。

馬が合わない黒銀と朱雀様が鉢合わせしたら、ちょっと危なかったかも。

「ごめんね、ヤハトゥールのお茶をご馳走になったの。美味しいお茶の淹《い》れ方を教わっていたら遅くなっちゃった」

「そうか。主《あるじ》が無事ならばそれでよいのだが。これ以上遅くなるようであれば乗り込もうかと思っていたところだ」

「黒銀ったら、過保護ね。せっかくバステア商会に来たんだから色々と見たいじゃない。でも、心配かけてごめんなさい」

「主《あるじ》が謝らずともよい。過保護といえばそうかもしれんが、主《あるじ》は目を離していると何かしら騒動の種を引き寄せていることがあるのでな」

「うん、しんぱい」

黒銀と真白は二人してうんうんと頷き合っている。失礼ね、そんな時ばっかり意気投合することないじゃない。

「まあ、ひどいわ。バステア商会でお買い物するだけで何かが起きるわけがないでしょう？」

「……クリステアさんならあるかも」

マリエルちゃんが隣でぼそりと呟く。ひっひどい！　マリエルちゃんまで！

……ていうか、今日一番の不安要素はマリエルちゃんだったじゃないの！

そう思った私はマリエルちゃんにジト目で抗議する。

「今回、マリエルさんの言動にヒヤヒヤさせられたのはこっちなのだけど？」

「……あ、あはは。さっきはつい。もう一人の彼がいなかったから気になって」

「もう一人とは？　何かあったのか？」

黒銀と真白がマリエルちゃんの発言にピクリと反応した。

やばいやばい、うっかり二人からセイや白虎様の名前が出たらまずいわ。

「あ、あのね、お茶をいただいた時に亭主……ええと、お茶を淹《い》れてくださったのがセイ様というヤハトゥールから来た方だったのだけど、マリエルさんは以前見かけたことがあったそうなの。その時ご一緒だった方が今回いらっしゃらなくて、それが気になったのだそうよ」

「……なるほど」

「そうなんです！　黒髪の美少年セイ様と、それを守護するかのように寄り添う白金の髪のワイルド系美青年！　あの方は従者なのか顧客なのか⁉　どっちでも捗《はかど》りますけど気になって気になって！」

「捗《はかど》る？」

「え？　あ、あわわ……なんでもありません！　どんな関係かちょっと気になっただけで……」

マリエルちゃんはえへへ……と笑ってごまかすけれど、黒銀と真白は怪訝《けげん》な表情だ。

まあ、「けしからん妄想が捗《はかど》ります」とは言えないわよね……。

「ま、まあまあ、マリエルさん。セイ様はこれからアデリア学園の同級生になるとわかったのだから、今度聞いてみたらいいじゃないの」

「そ、そうですね！　今回セイ様のお側にいらした赤毛の美女も気になりますし！　本当、美形揃いで目の保養ですね！」

「赤毛の……？」

あ、黒銀がまたピクリと反応した。

「あ、美女と聞いて気になりました？　あのですね、すっごい美女がいたんですよ！　燃えるような赤毛の迫力美女！　ね、クリステアさん！」

「え、ええ……」

「ほう、そうか。赤毛の美女か……」

「ふうん、そうなの……」

あわわ、これは二人とも絶対赤毛の美女が朱雀様だと勘づいてるわ。なぜ朱雀様がいたのかとイラッとしているっぽい。

これはあとで経緯を説明しておかなければ。朱雀様はセイのところへ案内してくれただけなんだし。

あれが白虎様だとマリエルちゃんの妄想が暴走しかねなかったから、ある意味助かったもの。

「その話はあとでゆっくりね！　とりあえず我が家でお茶にしましょう！」

そう提案すると、黒銀はしぶしぶ御者にエリスフィード家へ向かうように伝えた。

やれやれ……


エリスフィード家に戻った私は、マリエルちゃんを我が家にお招きしたこと、帰りは責任持って送り届ける旨をメイヤー家に知らせるように指示した。そして、以前使った猫の間と呼ばれる応接間《サロン》へ移動し、ミリアにティーセットを準備してもらってから、黒銀、真白を残して人払いをする。

「さてと。せっかくだから買ったばかりのお茶を試してみましょうか」

私がそう言うと、マリエルちゃんも異論はないようで嬉しそうにこくりと頷いた。

私はインベントリから買ったばかりの煎茶《せんちゃ》を取り出し、早速煎《い》れてみることに。

日本茶を煎《い》れるための急須がないのでいつもティーポットで代用しているけれど、今度茶器もひととおり揃えたいな。

ティーポットに茶葉を入れ、カップにお湯を注いだら、適温になってからティーポットにお湯を移す。これは煎茶《せんちゃ》を美味しく煎《い》れるために適温までお湯を冷ますのと、お湯の量を量るため。あと、湯呑み……ティーカップを温めるためね。

フタをしてそのまま一分くらい待ってからカップに注ぎ入れていく。

人数分のカップに少しずつ順に注ぎ入れ、全部のカップに注いだら、今度は濃さが均等になるようにはじめに入れた順とは逆に注いでいく。

最後の一滴までしっかり注ぎ入れる。この最後の一滴はゴールデンドロップと言われていて、お茶の旨《うま》みを引き出すんだって。

これがコーヒーの場合、雑味になるから入れちゃダメなんだけど。

最後の一滴まで注ぐのは、二煎《にせん》めも美味しくいただけるようにするためでもあるのよね。うーむ、奥が深い。

「さあ、召し上がれ」

そう言ってお茶請けにどら焼きを出すと、皆は嬉しそうに手を伸ばした。

「……んー。美味しい！　やっぱり煎茶《せんちゃ》とどら焼きの相性は最高！」

マリエルちゃんは満面の笑みでどら焼きを頬張る。

「うむ。どら焼きだけだと甘すぎるきらいがあるが、この茶があれば程よく感じられるな」

黒銀はすっかり日本茶に慣れたようだ。どうやらコーヒーや紅茶よりも煎茶《せんちゃ》やほうじ茶のほうが好みみたい。

黒銀には大きな湯呑みを買ってあげようかな。きっと似合うと思う。

「どらやきおいしいね。これならおちゃがにがくてもだいじょうぶ」

真白は甘党だからかお砂糖を入れない煎茶《せんちゃ》は苦手みたい。とはいえ、やっぱり和菓子には煎茶《せんちゃ》が合うと思うんだよね。真白にはどんな湯呑みがいいかなぁ。真っ白でぽってりとした感じで可愛いのがあるといいな。

私は……シンプルでたっぷり入るのがいいかなぁ。またバステア商会に行ってじっくり探してみないとね。

そうそう、私たちの分だけ買うとお父様が拗《す》ねちゃうだろうから、皆の分も買わないと。お母様とお揃いの夫婦《めおと》湯呑みなんていいかも。

お兄様には、優雅でカッコいいのを探さなきゃ。

「クリステアさん？」

マリエルちゃんに話しかけられ、ぼーっとしていたのに気づいた。

「あ……あら、ごめんなさい。考えごとをしてたものだから」

「考えごと？」

「急須や湯呑みがないから、買わないといけないなぁと思って。皆はどんなのが気にいるかなぁって、あれこれ考え始めたら止まらなくなっちゃって」

「このティーポットでもいいじゃない」

マリエルちゃんは、ヤハトゥールから輸入された食器が美術品扱いでお高いのを知っているから、もったいないと思ってるみたい。

「うーん、一時的に代用するならそれでもいいんだけど、これからお茶っ葉が安定供給されるようだし、今後も使うならちゃんと揃えたいなと思って」

なんというか、ティーカップで緑茶って違和感があるからね……湯呑みのような形状のものはドリスタンでは珍しいみたいで、持ち手のないカップで熱々のお茶を飲むのは皆には難しいかなと思って今まで購入しなかったんだ。

抹茶碗《まっちゃわん》もカフェオレボウルみたいな食器で代用して点《た》てていたけれど、今日セイが流れるような所作できれいに点《た》てているのを見て、やっぱり欲しいなって思っちゃった。

「そっかぁ。でもさすがエリスフィード家ね。美術品を日常使いしようだなんて」

マリエルちゃんは「おっかねもちー！」と感心する。

「もう、やめてよね。輸入品だからどうしても美術的価値の高い、貴族受けしそうなものばかりになるんでしょうけど。本当は私だって安いに越したことないんだから」

とはいえ、これに関しては、貴族として経済を回す意味もあるからいいのだ。

正直、普段使いの湯呑みや急須なんて土魔法で作ろうと思えば作れる。だけど、自作の無骨な茶器なんて、お父様やお母様、お兄様に使わせるのは申し訳ないわ。

「ねえ、ってことはまたバステア商会に行くの？」

マリエルちゃんが興味津々《きょうみしんしん》で聞いてきた。これは、ついていきたいってことなんだろうな……今度こそ白虎様のことを聞き出そうとするに違いない。

「うーん、家族の分まで私が選ぶのもなんだから、持ってきてもらうかもしれないわ」

「えー……そっかあ。ついていきたかったのになぁ」

やっぱりか。

「マリエルさんが興味あるのはセイ様のことでしょう？」

「うっ！　なぜわかった!?」

「わからいでか。そんなにあからさまな態度で、今までよく周囲から変に思われなかったわねぇ」

私は呆れてため息をついた。

「いやいや、普段の私の擬態《ぎたい》は完璧よ？　どうよ、この大人しく控えめで、目立たず騒がず、楚々《そそ》としたお嬢様の姿は」

マリエルちゃん、ドヤ顔してたら楚々《そそ》として見えないんだけど？

いや、そんなことよりも……

「えっ！　その見た目はコスプレだったの!?」

「いや、コスプレじゃないけど。せっかくこんな見た目に生まれたんだから、それらしくしてようかなって」

マリエルちゃんはえへへ、と笑う。うっ可愛い！　でも中身がこんな腐女子だなんて、皆思いもよらないだろう。私だって騙《だま》されたもの……

「見た目詐欺だ……」

脱力しつつ思わずそう漏らすと、マリエルちゃんは不服そうな顔になる。

「くりすてあ、こすぷれってなあに？」

真白が聞きなれない言葉に反応した。

「真白様、興味があります？　あのですね、コスプレっていうのは……」

「ちょおおっと待ったあぁ！　真白をそっちの道に染めようだなんて、そうはいきませんからね⁉」

「ええ⁉　楽しいですよ⁉　そうだ！　クリステアさんもこの際ハマりましょうよ？」

「いやいや、この世界で何をどうハマれと⁉」

「……なんのことやらよくわからんが、主《あるじ》が楽しそうで何よりだな」

「うん、そうだね……でもなんだかさむけがするのはきのせいかな」

「奇遇だな。我もだ」

私とマリエルちゃんの攻防を見ながら、黒銀と真白がそんな会話をしていたそうだけど、私は彼女とのやりとりに夢中で全く聞いてなかったのだった。

「そういえばクリステアさん、学園に入学したら聖獣のお二人はどうなるの？　秘密にしてるんでしょう？」

「うっ！」

マリエルちゃんが疑問に思うのも無理はない。それは以前から先送りにしてきた問題だ。考えないようにしていたけれど、もうじき二人のことが公《おおやけ》になっちゃうかも、いや、なるのよね……はぁ。

「そうなのよねぇ……現状は国に報告していないのだけれど、いずれバレちゃうだろうからその時はどうしたものかしら。お父様は今は考えなくてもいいと言うのだけれど」

バレた時のことを考えると、本当に頭が痛い。

「聖獣様と契約だなんて、この国では誉《ほま》れじゃないの。普通なら大々的に発表すると思うけど、クリステアさんは隠したがるのね」

マリエルちゃんは不思議そうに言うけれど、王宮でのし上がりたいとか、上昇志向でもない限り面倒でしかないと思うのよね。

「マリエルさんは聖獣契約するのはともかく、それを理由に王宮勤めを強要されたり、高位貴族に取り込まれたいと思う？」

「え？　いや、それはちょっと面倒くさ……ああ、なるほど」

「そういうこと」

マリエルちゃんも、私が言わんとすることがわかったようだ。

「でも……エリスフィード家以上に高位の家なんてないでしょう？　取り込まれる心配なんてないんじゃない？　それとも、王宮で働くのが嫌とか？　まあ、働く必要なんてないものね」

ちょっと待て、私は親のすねかじりの引きこもりニートになるつもりはないからね⁉

「別に働くのが嫌ってわけじゃないけど、真白や黒銀が戦争に使われたりするのは嫌だし、それにほら、いるでしょう？　我が家より高位の方が……」

「え？　エリスフィード家より高位って？　……え、あ？　まさか？」

マリエルちゃんが目を見開いて私を見た。

「……王太子殿下の婚約者が未だに決まってないってのがネックなのよね……」

私は大きなため息をつきつつ答える。

婚約者が既にいるのであれば、側室なんてお断り！　と突っぱねられる。それに、一度定めた婚約を破棄してまで私を婚約者に据えるだなんてことはしないだろうしね。

私が言えた義理じゃないけど、レイモンド殿下はどうして婚約者を決めてないのよ。

おかげで面倒なことになってるじゃないの、もう！

レイモンド殿下は迂闊《うかつ》ではあるけど、悪い人じゃないってわかってる。だからって婚約者になりたいかというと話は別だ。

「え、すご……そっか、クリステアさんって王太子妃になるかもしれないんだ。確かにそういう噂は流れてたけど、本当だったのね」

マリエルちゃんは、ほわあ……と目をキラキラさせて私を見る。やめて。

「ならないならない、なりたくないもん」

ふるふるとかぶりを振って否定する。

「えっなんでよ？　王太子妃だよ？　ゆくゆくは王妃様だよ？　この国の頂点に君臨するんだよ？」

マリエルちゃんは私が嫌がるのが不思議で仕方ないらしい。さっき自分なら面倒くさいって言ってたのに、王族との婚姻《こんいん》と聞いてすっかり吹き飛んでしまったようだ。

「いやいや、君臨とかないから。不便極まりないから。考えてもみて？　王太子の婚約者ともなれば、王太子妃としての教育だのなんだので王宮に拘束されるのよ？」

「ああ、それは確かに面倒ね」

「そうなれば、今みたいに自分で料理なんてできないし、ましてや和食なんて作れないわよ」

「ちょっ！　それは大問題じゃない！　和食が食べられなくなるなんて！」

……マリエルちゃんが慌てる必要なくない？　でも理解してもらえたようで何より。

「でしょう？　私としては大問題なわけ」

「私にとっても大問題よ。クリステアさんのごはんがない人生なんてありえない……」

何やらぶつぶつ言ってるけど、マリエルちゃんは自分で作れるようになればいいことなんじゃないかな……？

「学園に入学する前に発覚したら問答無用で婚約者にされそうだから、秘密にしてるのよ。入学後なら在学中は保留にできそうだし、その間に他にも殿下の婚約者にふさわしい人が出てくるかもしれないし……お父様がなんとかしてくれるんじゃないかなぁって」

我ながら他力本願もいいとこだけど、私が下手に動いたら余計に悪い状況に陥《おちい》りそうだし。多分、お父様に任せたほうがいいと思うのよね……

お父様のことだから、何か考えがあるはずだ。うん、きっとなんとかしてくれるよ。

一人頷いていると、マリエルちゃんが呆れたような目を向けてきた。

「……クリステアさん、結構楽天的なのね……」

「え？」

「だってそうじゃないの。聖獣契約のことを知られていない現時点でさえ家格よし、幼いながらレシピの権利持ちで話題になった令嬢よ。そうはいってもこれまでは、領地から出てこない。病弱なのか、はたまた人前に出せないような醜《みにく》い容姿なんじゃないかって噂されていたのに、クリステアさん、新年の交流会に初めて出席したでしょう？　クリステアさんを見て、皆さん騒然としてたのよ？」

え、何それ。初耳なんですけど。

「騒然……って？」

醜《みにく》いだとか色々と聞き流しづらいワードがあるけれど、それはおいといて。あれだけ遠巻きにされたのに騒然って……どういうこと？

「あのね、クリステアさん。エリスフィード公爵家といえば、ドリスタン王国では名家中の名家じゃないの。当主のスチュワード様は陛下の覚えもめでたく、嫡男《ちゃくなん》のノーマン様は王太子殿下のご学友で、ゆくゆくは殿下の右腕として将来有望。そんなエリスフィード家の令嬢であるクリステアさんは、領地に引きこもって姿を見た者が皆無だったでしょう？　どんな方なのかとずっと噂されていたのよ」

「ええー……」

噂って、あれでしょ？　悪食《あくじき》令嬢。

「姿は見えねども、幼いながらも卓越した数々のレシピ開発……はじめこそ貴族の小娘のお遊びを親バカの公爵がゴリ押しで登録したに違いないとバカにしていた熟練の料理人たちは、レシピを見てその独創性と完成度に驚いたそうよ」

……んなばかな。

「とはいえ、子どもが考えられるレシピではない、きっと公爵家の料理人が考案したに違いないということで落ち着いていたのよ。でも、公爵家の料理人……特に料理長があまりにも貴女に心酔しているから、本当なのではないかと噂されはじめたの」

料理長おおおぉ！　貴方何やってんのよおおおぉ!?

「それに、飼料にしかならない不味《まず》い穀物と思われていたラース……コメの食べ方がクリステアさんのおかげで広まって、貧しい者の食がわずかだけど向上したそうなの」

あ、そうなの？　知らなかった。それは純粋に良かったわ。

確かに、使用人の皆も「お米を食べるようになったおかげで、家族がお腹いっぱい食べられるようになった」と言っていた気がする。

「だけど今度は、家畜の飼料を食べようだなんて、普通ではありえない。とんだ悪食《あくじき》の令嬢だ、と貴族の間で噂になったわ」

うーむ、さもありなん。

「でもその噂も王太子殿下や妃殿下によってだいぶ訂正されたし、実際にクリステアさんのレシピを購入した家では、日々新作を心待ちにしているという話よ」

ふぁっ!? 何それ聞いてないよ!?

「そんなわけで、良い噂と悪い噂が錯綜《さくそう》していたから、謎に包まれた令嬢、クリステアさんはいったいどんな方なのかと皆気になっていたの」

いやいや、たかが就学前の小娘がそんな、ねえ？ 謎に包まれたとか……貴族ってそんな暇じゃないでしょうに。

「そこへ新年の交流会にノーマン様が直々にエスコートしてきた令嬢が登場したのよ。容姿端麗、所作も大人顔負けに洗練されていて……いったいあの方はどこの令嬢だ、ついにノーマン様に特定のお相手が!? え？ あれが噂のクリステア様!? と話題になったところで会場から姿が消え、ノーマン様とまさかの王太子殿下までが慌てて探しにいってしまう事態になったでしょう？」

あ、ああ……王宮で迷子になっちゃった時の。もはや黒歴史として記憶の隅に追いやっていた、あれね。

「結局、王太子殿下のエスコートで戻ってきたうえに、その後の陛下へのご挨拶でクリステアさんの素性がはっきりしたもんだから、さあ大変。普段、特定の令嬢を構ったりなさらない王太子殿下が、クリステアさんと親しげに会話する様子を見て、もしや彼女が王太子殿下の婚約者の最有力候補なのでは⁉　としばらく社交界で話題になったそうよ」

「そのくらいのことで？」

だって、王太子殿下とお兄様はご学友よ？　その妹と顔見知りで、多少親しく見えることぐらい普通のことじゃないの……と思わなくもないいんだけど？

「年齢に似合わない完璧なお辞儀《カーテシー》、陛下や妃殿下も親しげに話していらしたし、これはもう内々に決まっていて、王太子妃教育も始まっているのでは、という憶測もあったほどよ」

「えええええ⁉　そんな、ないない！」

とんでもない誤解だ。お辞儀《カーテシー》にしたって、マナーの講師であるレティア先生のスパルタ教育の賜《たま》物《もの》だもの。

陛下はともかく、妃殿下――リリー様が親しげなのだって、お母様が親友だからだし。

「私はクリステアさんと交流があるからある程度状況がわかるし、本人にその気がないと知っているけど、周囲にはわからないでしょう？」

「マジですか……」

「マジです」

め、めんどくさぁ……！

つくづく、情報に疎《うと》いって怖い。

自分のことなのに、知らないうちに尾ひれだの背びれだのがつきまくって噂が一人歩きしてるだなんて。

領地に引きこもっていたから自分がそんな噂の渦中《かちゅう》にいるなんて知らなかったし。

悪食《あくじき》令嬢の噂だって、レイモンド殿下が視察のために領地へいらっしゃった時に失言しなけりゃ知らないままだったかもしれないものね。

お母様はどうやら以前からご存じだったみたいだけど、私に関しての情報は時折漏らすだけで、逐一教える気はないみたい。

お父様やお兄様に至っては、私を大事に思うあまり裏で何やら画策しているみたいだし……（遠い目）。

ま、まあ、ある意味家族みんなから守られているわけだから、ありがたく思わなきゃバチが当たるってもんよね。

「知らなかったとはいえ、私ってものすごい誤解されてるのね。今の内容を聞いて誰のこと？　って思っちゃったわよ」

「でもあながち間違いじゃないわよね。クリステアさんにその気がないだけで。クリステアさんが『私、王太子殿下と結婚したいな』って公爵様におねだりしたらすぐさま婚約がまとまりそうだもの」

マリエルちゃんは肩をすくめて答える。

「やめてよ～私はそーゆーの興味ないんだから。お父様だって嫌なら嫁がなくていいって言ってるもの。ああ、めんどくさい。貴族やめて平民になりたい。でもってカフェとか開いて余生をまったりと過ごしたい……」

テーブルに突っ伏す私に、マリエルちゃんが呆れたような眼差しを向けた。

「十歳で余生とか枯れすぎでしょ……でも、カフェを開くなら全力で支援するからね。なんなら共同出資者に立候補するわ！　メイヤー商会で強力にバックアップするわよ。うふふ……繁盛間違いない上に、共同出資者なら新作食べ放題よね、きっと……ああ、せっかくだからマヨネーズを使ったメニューを充実させたいわね、うん」

最後は緩みきった表情で何やら呟いている。

しかし、甘いわねマリエルちゃん。前世ではライトなオタクで喪女歴が長かった私はおひとりさまライフを満喫していたせいか、結婚にさほど憧れていないんだよね。だから、十歳だろうが枯れててもおかしくないのさ。

もちろん「貴族令嬢の義務として政略結婚もやむなし」ってのも理解はしている。でも、貴族の奥様と王太子妃……ゆくゆくは王妃に、というのでは、大きな隔《へだ》たりがあるんだよね。

貴族の奥様なら、多少は自由に振る舞えるだろうから、料理だの街でのお買い物だのできそうだけど、王妃となるとそうはいかないだろう。

……ま、そもそも、お父様の親馬鹿モードが発動しているうちは政略結婚なんてないと思うけど。

私の場合、むしろ嫁き遅れの心配をすべきかもしれない。

そんなわけで、嫁き遅れたら領地のどこかでカフェやレストランでも経営して細々とやっていけたらいいなぁ、となんとなく思ってたわけよ。

お父様たちは「ずっとここにいればいいだろう！」なんて言いそうだけど。

でも、お兄様だっていずれはお嫁さんをもらうんだろうから、そこに私みたいな小姑《こじゅうと》がいちゃいけないよね。

……あ、想像したらさみしくなっちゃった。

「クリステアさん？　どうかした？」

「……え？　あっ。な、何でもないわ。そうね、もしその時がきたらマリエルさんに声をかけるわね」

「ぜ、絶対よ⁉　約束したからね！」

「え、ええ……でも、マヨネーズばかりのメニューなんて作らないからね？」

「ええ⁉　そんなぁ！」

私は、ものすごい勢いで迫ってくるマリエルちゃんに圧倒されながら、来るかわからない未来の約束をしたのだった。

「だけど、クリステアさん。言いづらいんだけど……悪食《あくじき》令嬢の噂ってまだ根強く残っているみたいなのよね。いえ、王妃殿下たちのおかげでだいぶ是正はされたのよ？　でも、しつこくエリスフィード家の令嬢は悪食《あくじき》だって言いふらす人たちがいるらしくて……」

えー⁉　そうなの⁉

「カフェをやりたいならその噂は早いとこ消さないといけないんじゃない？　さすがに飲食店をやろうって人が悪食《あくじき》なんて、印象が悪いもの」

「……そうよね」

「というか、貴族としてやっていくにしてもそんな噂はないほうがいいに決まってるし。悪食《あくじき》令嬢なんて在学中に後ろ指差されるのは嫌でしょ？」

「それはもちろんよ！」

それにそんな噂が流れ続けたら、エリスフィード家にも傷がついてしまう。なんとかして悪食《あくじき》令嬢という汚名を返上しなくっちゃ！

「でもどうしたらいいのかしら。見当もつかないわ」

「んー……、私のほうでいい方法がないか、ちょっと考えてみるわね。父にも何か情報がないか聞いてみる」

「うう、お願いします……」

はあ……色々と誤解されているみたいだからどうにかしたいけれど、一人歩きしている噂を訂正して回るわけにもいかないものね。厄介だなぁ。


「いけない、そろそろ帰らないと」

マリエルちゃんは陽が傾きはじめたのに気がつき、帰り支度をはじめた。

「あらもうそんな時間？　……せっかくだから夕食を食べて帰ればいいのに」

「さすがにそれは図々しいから帰るわ。それに両親も私が何か粗相してないかと心配しているだろうし」

マリエルちゃんは名残惜しそうにしつつも、ふるふると頭を振って辞退した。

「そう、残念だわ。今度また泊まりで遊びに来てね。待ってて、馬車を用意させるわ」

「ありがとう。助かります」

「どういたしまして」

私はミリアを呼んで馬車を手配した。

「あ、そうだ。これをお土産《みやげ》にと思ってたのにマリエルさんに渡すのを忘れてたわ」

私はインベントリから自家製ベーコンを取り出した。

「ああっ⁉　それ、もしかして今話題のエリスフィード公爵家謹製《きんせい》ベーコン⁉」

「えっ？」

……何それ？

「もう、本当に噂に疎《うと》いのね！　自分の領地の特産なのに！」

「ええ？」

特産って？　ベーコン事業は始まったばかりなのに。まだ領地の冒険者ギルドでしか取り扱ってないはずだし、王都で話題になってるなんて思わないよ。

「エリスフィード領から来た冒険者が、手に入れたベーコンを王都《こっち》で自慢して口コミで瞬《また》く間に評判が広がったのよ。絶品レシピで噂のエリスフィード公爵家の紋章が焼印された公爵家謹製《きんせい》ベーコンよ？　そんなの美味《うま》いに決まってる！　って、冒険者が持ってた残りのベーコンを酒場の亭主がその場で高値で買い取って味見した瞬間、『美味《うま》あああぁい‼』と咆哮《ほうこう》をあげて大騒ぎだったって」

「はあ？」

なんでベーコンごときでそんな大騒ぎになるのよ……!?

「それから、このベーコンはどうやって手に入れるんだ、エリスフィード領の冒険者ギルド限定販売だと!? よし、冒険者に定期的に運んでもらう依頼を出そう！ って、王都の冒険者ギルドにエリスフィード公爵家謹製《きんせい》ベーコンの納品依頼が常時依頼として貼り出されてるって話よ。冒険者も護衛依頼のついでに買ってくればいいから、ちょっとした小遣い稼ぎになってるって……」

「えぇぇ!?」

初耳なんだけど。ティリエさんは、このことを知ってるのかしら？ ああもう、一人一本の数量限定販売だから、領地でトラブルになってやしないか心配だわ。

我が家の燻製《くんせい》工房からギルドへ納品するときにも絡まれることがあったみたいだし。

狼獣人とのハーフであるアッシュを工房で雇ったから用心棒にもなるだろうって安心してたんだけど……

いくら腕っぷしが強いとはいえ、現役の冒険者から狙われたらどうなるかわからないよね？

うーむ。心配だわ。お父様に聞いてみなくっちゃ。

「クリステアさん？ どうかしました？」

マリエルちゃんは黙り込んでしまった私を心配したみたい。いけない、いけない。

「いえ、なんでもないわ。王都でベーコンがそんなに話題になってるなんて知らなかったから……父にも聞いてみるわね」

「ねえ、これも絶対クリステアさん絡みよね？」

どうして確信を持って聞くのよ……当たってるけど。

「まあね。燻製《くんせい》に挑戦したらあれよあれよと領地をあげての事業にすることになったの」

「やっぱり！　はあ、クリステアさん無双がすごすぎて理解が追いつかないわー」

「無双なんてしてないから」

「え……無自覚ってこわい……」

なによ、もう。なんなの無自覚って!?

「クリステアさんったら、密かに功績を増やしてたのね。知られたらますます注目を浴びそう……」

「あ」

そういうことか。意識してなかったけど、事業立ち上げに私が一枚噛んでるって知られたら、私の価値が高まって狙われるって？　お父様にこれも相談しておかないとだわ。

「クリステアさん、本当に気をつけてね？　学園でも何かしやしないかと今から心配なんだから」

「やだもう、そんなことあるわけないじゃない。心配しすぎよぉ」

……多分。うっ、マリエルちゃんの視線が痛い。

そうこうしているうちに馬車の用意ができたようなので、私はマリエルちゃんとお泊まり会をすることを約束し、ベーコンを渡して見送ったのだった。

# 第九章　転生令嬢は、汚名返上のために計画する。

バステア商会に買い物に行ってから二週間ほど過ぎたころ、マリエルちゃんを約束のお泊まり会に招待した。

春の使者と呼ばれる春告げ鳥もとっくに北へ向かい、王都でも春の気配をそこかしこに感じるようになってきた。

「いや〜、ぐっと春めいてきたわねぇ」

「そうねぇ。王都の春は初めてだけど、過ごしやすそうね」

今日はせっかくだから日当たりのいい庭でティータイムを楽しむことにした。

「ええ、王都より北は雪が深いところも多いけれど、ここらじゃ春告げ鳥が来る前にすっかり雪は溶けてしまうわ」

「確かに、王都へ向けて発つ時に領地で春告げ鳥を見かけたのだけれど、こちらに着いた時には領地と同じくらい春が近づいている印象だったわ」

領地が王都と近いこともあるんだろうけど。

日に日に春らしくなってくるとウキウキするよねぇ。

「そうなんだぁ。エリスフィード公爵領って広いのよね？」

「ええ。とはいってても最初から広かったわけじゃなくて、ご先祖様のもとに王女様が降嫁なさった時に王領だったところを下賜《かし》されたりで、徐々に広くなっていったと聞いたことがあるわ」

「ひえ……やっぱりエリスフィード公爵家の高貴っぷりったら半端ないわぁ……！　王家の血をひいてるなんて」

「やめてよ。何代も前のことなんだから。そりゃあ、私も前世の記憶が戻ってから我が家の歴史に驚いたけど……」

そう、エリスフィード家って、結構すごかった。

ご先祖様に王族が何人かいたのだ。そして、逆に我が家からも何人かが王家に嫁いでいる。そのため、我が公爵家は王族から絶大な信頼を得ている……らしい。

だからこそ、一刻も早く悪食《あくじき》令嬢という汚名を返上して、エリスフィード家の名誉を守りたいんだけど……

だめだ、さっぱり方法が思いつかない。

そう零《こぼ》す私に、マリエルちゃんが考え込むようにしながら口を開いた。

「うーん、あのあと私も考えたんだけど……手がないわけじゃないと思うのよね」

「えっ？」

マリエルちゃん、いったいどんな手が？

「悪食《あくじき》令嬢のイメージを払拭《ふっしょく》したいなら、やはり食よ！　クリステアさんが作ったものを食べさせないことにはいつまでも変わらないわ」

「……だからその食べさせるのが難しいんじゃない」

そういう噂を流す人が、悪食《あくじき》令嬢の作ったものをわざわざ食べるわけがないし。

堂々巡りじゃないの。

私が渋面でマリエルちゃんを見ると、彼女はドヤ顔で言った。

「クリステアさんが作ったとわからないようにして食べさせるのよ」

「ええ？　わからないようにって、どうやって⁉」

「クリステアさん、うちの商会でお菓子を売りましょう！」

「はあ⁉」

なんでそうなるの？

「美味しいお菓子をメイヤー商会で販売して、貴族の皆様には試食ですと言ってバラ撒《ま》くの。反目している貴族も含めて全部に、よ。もちろん、クリステアさんのレシピだってことは内緒にしてね。きっと皆、美味しいお菓子に飛びつくに違いないわ。そして皆がハマってブームになったところで……」

マリエルちゃんがにやりと笑う。清楚なお嬢様の雰囲気が台なしだよ……？

「わかった、私考案のレシピだって公表するのね？」

「そのとおり。悪食《あくじき》令嬢のお菓子を賞賛したなんてプライドが許さない、でも食べたい……そうなったらこっちのものよ。きっと、悪口を言ったことなんてなかったかのように買うに違いないわ。

そしてうちの商会も儲《もう》かるわね……うふふ」

……最後のほうは小声だったけど、実はそっちが目的なんじゃないの？

「計画の概要はわかったけど……そんなに上手くいくかしら？」

「そこはうちの商会の腕にかかっているけど、まかせておいて！　クリステアさんは美味しいお菓子のレシピを提供してくれるだけでいいから！」

「そんなこと言われても……」

美味しいお菓子、ねぇ……そう言われてポンポン出てくるもんじゃないんだけど。

「そうね、焼き菓子なんてどうかしら？　日持ちするほうが在庫管理もしやすいもの」

ええ……？　焼き菓子、焼き菓子かぁ……日持ちするっていえばシュトレンとかかなぁ。クリスマスシーズンに食べる菓子パンなんだけど、ドライフルーツにバターやお砂糖もたっぷりだから高価になっちゃうよね。貴族だけのお菓子になっちゃう。

メイヤー商会には貴族以外のお客様もいるわけだから、手が届きやすいものがいいよね。

「うーん……シンプルだけど、ショートブレッドなんてどう？」

「ショートブレッド？」

マリエルちゃんはピンとこないようで首を傾げた。

「イギリスの焼き菓子よ。ざっくり説明するならば、サクサクのバタークッキーっていうか……」

「あっ！　それ多分食べたことある！　素朴な味で食べ飽きないから好きだった！」

マリエルちゃんは前世で食べた記憶を思い出したようで嬉しそうだ。

「材料も小麦粉とバターと砂糖と塩の四種類だから入手にも困らないし、いいと思うわ」

「そうね、そのほうがこっちとしても助かるわ！　じゃあ、レシピを……あ、そっか」

生き生きしていたマリエルちゃんが少し困ったように顔を曇らせた。

「なあに？」

「あの、権利についてなんだけど……」

マリエルちゃんがおずおずと聞いてきて、ああ……と気づいた。

「そっか、そうね。レシピの考案者を秘密にするから、商業ギルドを通さない専売契約になるけれど、私のためなんだし。無料で……というのはさすがに難しいけれど、格安で契約しましょう。お父様にはそのように報告するわ。その代わり、どんな人でも買えるように単価は抑えてね？」

「あ……よかった。よろしくお願いします！」

ほっとした表情のマリエルちゃんを見て、「これだ！」と思ったら突き進んじゃうのは私だけじゃないなって苦笑してしまったよ。

夕食の席で早速お父様に報告すると、二つ返事で許可が出た。

「娘のためにここまで考えてくれるとは。メイヤー商会とは今後とも懇意にしたいものだな」

というお父様の言葉に、同席したマリエルちゃんはかなり恐縮していたけれど、あとで「やった！　最強の上得意様ゲット！」って小さくガッツポーズをしていたのを私は見逃さなかった。

うーん、商魂たくましい。

翌日、私は試作したショートブレッドをレシピと一緒にマリエルちゃんへお土産《みやげ》として渡した。

これくらいのレシピなら、シンに頼まなくても自分でさっと書けるからね。

「ありがとう、必ず成功させてみせるわ！　未来のカフェ共同出資者として頑張るから！」

マリエルちゃんはさっとインベントリにしまい、とてもいい笑顔で請け負ってくれた。

彼女の中では私とカフェをやることは決定事項になってるみたいだ。思わず苦笑してしまう。

「ええ、よろしくね。ところで……今渡したのはメイヤー男爵の試食分も含まれているから、マリエルさんだけで食べ尽くさないようにね？」

「ふえっ!?　……いやだなぁ、クリステアさんったら。そんなことわかってるってば！　あははは……はあ」

最後の残念そうな様子を見るに、独り占めする気満々だったね？　油断大敵だわ……。


翌日、帰宅したマリエルちゃんから早速手紙が届いた。

焼き菓子《ショートブレッド》をメイヤー商会で独占販売することを条件に、現在王都の貴族街に屋敷を構える貴族全てにその試供品を配ること、それに関わる費用はメイヤー商会で持つこと、私のことを悪食令嬢《あくじき》と揶揄《やゆ》している貴族が購入しはじめるまで私のレシピであることを秘匿《ひとく》すること、等々……をメイヤー男爵が二つ返事でOKしたとのこと。

ええ……？　試供品の費用を負担させるのは申し訳ないような……いいのかな。

手紙には続けて、メイヤー男爵とマリエルちゃんが明日の午後、焼き菓子の契約書を持参したいので面会を希望する旨が認《したた》められていた。うーん、仕事が速い。

私は一も二もなく了承し、ミリアを呼び、メイヤー親子へ返事を出したのだった。

さらに翌日、メイヤー親子が約束の時間の少し前にやってきた。

私は家令のギルバートにお願いして、いつもマリエルちゃんとお茶をする「猫の間」ではなく「旅人の間」という応接間《サロン》に二人を通してもらい、黒銀と真白を連れて向かった。

その部屋は、「英雄の間」や「猫の間」がそうであるように、部屋の名に冠された旅人をテーマに設《しつら》えてある。

旅人が野営で束の間の休息をとっている絵画や、マントを手で押さえてふんばり、強い向かい風に逆らって進む彫刻などの他、異国風のタペストリーなどが飾られている。雑多になりそうなのに、不思議と調和した雰囲気の部屋だ。

「さすがはエリスフィード公爵家ですなぁ。この絨毯《じゅうたん》など山脈を越えた先の砂漠の国で作られている最高級品ではありませんか。最近はなかなか手に入らない逸品《いっぴん》ですぞ。おや、あれは……」

メイヤー男爵は部屋の中の調度品に興味津々《きょうみしんしん》で、周囲をキョロキョロと見回したり、ソファから腰をあげて奥にある美術品に目を向けたりと落ち着かない様子だった。

「もう、父さんったら。恥ずかしいからやめてよね！　クリステア様に呆れられちゃうわよ！」

マリエルちゃんは、そんなメイヤー男爵の袖をひっぱりながら、ちょっぴり恥ずかしそうだ。

「おお、これはとんだ失礼をいたしまして、大変申し訳ございません。いやはや、どれも垂涎《すいぜん》の品ばかりで素晴らしく目の保養になりました。私もいつかこういった最高級品を扱えるようになりたいものです」

メイヤー男爵は、相変わらずのふっくら体型で、人の良さそうな笑みを浮かべ、うんうんと頷きながら座り直した。

「あら、メイヤー商会はどんなお客様にも喜ばれる質の良い品を多く取り揃えていらっしゃるではありませんか。それができるのは日々の努力の賜物《たまもの》ですもの。高品質な日常使いの品だなんて、何ものにも代えられない贅沢品《ぜいたくひん》だと思いますわ」

「いやあ……お嬢様にそう言っていただけるとはなんとも光栄なことですな。より一層誇りを持って仕事に邁進《まいしん》できるというものです」

メイヤー男爵は、はっはっはと嬉しそうに笑った。その笑顔は営業スマイルでも何でもなく、一人の職業人としての誇りに満ちあふれている。

私たちは和やかな雰囲気のまま、焼き菓子販売について細かな取り決めを確認し、契約を交わした。

「……では、確かに。クリステア様、ありがとうございました。また何かいいお話がございましたら是非お声がけください。私めがすぐさま馳《は》せ参じますゆえ」

「こちらこそ、ご協力いただいてありがとうございます。メイヤー男爵の広い人脈に助けていただくことになりますが、よろしくお願いいたしますね」

「なんともったいないお言葉。あの焼き菓子は素朴ながらもついつい手が止まらなくなる不思議な魅力がございます。湿気にさえ気をつければ、旅人の携行食にも使えるかと。あのような菓子を作り出すクリステア様をあろうことか悪食《あくじき》とは……と、これは失礼」

「父さんったら！　なんてこと言うのよ！」

慌てて謝罪するメイヤー男爵をマリエルちゃんが睨みつける。

「いいえ、お気になさらないで。その悪評を打ち消すためにもよろしくお願いしますね」

今回、私はレシピを提供するだけで、試供品を作るための材料費など初期投資費用全てをメイヤー商会がもってくれるので、申し訳ないやらありがたいやら。多少の失言なんぞなんてことはない。むしろその火消しのために動いてくれるんだからね。


メイヤー商会とショートブレッドに関する契約を交わして二週間も経った頃、メイヤー男爵から進捗《しんちょく》状況を知らせる手紙が届いた。

素朴すぎる見た目のため、はじめの反応はいまいちだったそうなのだけれど、試供品として納品して帰った翌日から少しずつ注文が入り始めたそうだ。その中には私を悪食《あくじき》令嬢と揶揄《やゆ》する貴族の家も少なからずあるらしい。

手紙には「数を抑えて販売しつつ、焦らしに焦らして夢中にさせ、反対勢力から称賛の声が上がった頃、大々的にクリステア様のことを公表いたしましょう。そうすれば言い逃れできますまい。その時を楽しみにお待ちください」とあった。

人の良さそうな温厚な笑顔で慎重に、しかし確実に罠を張り巡らせるメイヤー男爵……やっぱり商人ってこわい。

ひと月もしないうちに、ショートブレッドは女性のみならず、男性もちょっとしたおやつにちょうどいいと買い求めるようになったそうだ。

そろそろショートブレッドが私のレシピと公表されるはずだ。今ではメイヤー商会のヒット商品として話題になっているので、貴族のお茶会で私を悪食《あくじき》と揶揄《やゆ》する声は鳴りを潜《ひそ》めることだろう。

ついでに私のレシピの売り上げが伸びるといいなあ。

うん、これでひとまず安心……かな？　まだまだ気は抜けないけどね。

# 第十章　転生令嬢は、お花見を計画する。

「ねぇマリエルさん。今日は天気もいいことだし、お弁当を持ってピクニックしない？　といっても我が家の敷地内なんだけど……」

その日、遊びに来たマリエルちゃんに、私はそう誘いをかけた。

我が家は高位の貴族だけあって、王宮に近い立地ながら敷地面積はかなりのものだったりする。

馬をちょっと運動させたいと思えば、敷地内の一部を走らせれば十分なくらいの広さだ。

テーマごとに設《しつら》えた庭園がいくつもあるし、ガーデンパーティーが開ける広場もある。さらに少し離れた場所には池や小川まである。

それを聞いた時は「何このセレブなお宅……え、これが自宅？　まるで貴族じゃないの……って、貴族だったわ、うち。うわー！」なんて思ったものだけれど。

敷地内でのピクニックなら誘拐される危険がないから、子どもだけでも安心だよね。

護衛として真白と黒銀も同行するのでさらに安心だ。

「ピクニック？　うわぁ、いいわね！　ぜひ行きたいわ！」

マリエルちゃんが目を輝かせて了承したので、バスケットにお弁当を詰め込み……インベントリに収納した。

え？　インベントリがあるなら、わざわざバスケットに入れなくてもって？

いやいや、ほら、様式美ってものがね……決してバスケットに詰めてから「あ……インベントリに入れたらよかったんだ！」なんて気がついたわけでは……あるけど。

私はマリエルちゃんのツッコミがないのをいいことに、そのまま歩いていける一番近くにある池へ向かうべく出発しようとした。

すると、するりと前方に立ち塞がる小さな黒い影が——輝夜だ。

やば、忘れてた。輝夜は内心慌てる私をジロッと睨みつけ、念話で話しかけてきた。

『ちょいと！　アンタたち、またアタシを置いてどっか行こうとしてないかい？』

『あっ！　輝夜。えーと、やだなぁ、そんなわけないじゃない。姿が見えないからどこに行ったのかなと思ってたのよ。私たち、近くの池までお弁当を持ってピクニックに行くんだけど、輝夜も一緒に行く？』

『ふん、どうだかねぇ……ピクニックだかなんだか知らないが、食いもんがあるんならついていってやるよ』

うふふと笑ってごまかした私を疑わしそうに睨みながら、輝夜は尻尾を立て、フン！　と私の前を歩き始めた。

いけない、いけない。黒銀や真白がほとんど私のそばを離れようとしないってのもあって、輝夜のことをついつい置いてけぼりにしてしまう。

毎度置いてけぼりなんて、かわいそうだもんね、気をつけなくちゃ。

散策する道すがら、野草やきのこなどの採取もしつつしばらく歩くと、広場がある池に到着した。

ここは本来、敷地内で馬を走らせた時に小休憩したり、野営の演習をしたりするための場所なんだそう。エリスフィード家の敷地内には、こういった場所が数ヶ所あるんだけど、ここはピクニックにもってこいの場所として目星をつけておいたうちのひとつなのよね。

「わぁ、気持ちのいい場所ねぇ。王都にこんな場所があるだなんて思いもしなかったわ！」

マリエルちゃんは水面を覗きこむようにしてはしゃいでいる。

「でしょう？　ここなら知らない誰かが来ることもないし、人の目も気にしなくていいかなと思って」

そう言って私はインベントリから敷物やクッションなどを取り出し、マリエルちゃんと一緒に場を調《ととの》え、バスケットを広げた。

「うわぁ、美味しそう！」

マリエルちゃんが歓声を上げる。目はお弁当に釘付けだし、口からは今にもヨダレが垂れそう。

今日のお弁当はおにぎりと卵焼き、ポテトサラダやピクルス、そして唐揚げはたっぷりと。

さらにインベントリにストックしていたオーク汁の入った鍋を取り出して、木製のボウルに盛り付けた。皆におしぼり代わりの濡れふきんと取り皿、お箸を渡して準備完了。

「おにぎりの具はこっちが梅干しでこっちがおかか。たくさん食べてね」

「わあい！　いただきます！」

「うむ、いただこう」

「いただきまぁす」

『ちょいと！　アタシに肉とおかかをお寄こしよ！』

「はいはい、ちょっと待ってね……はい、どうぞ」

わっ！　と皆がお弁当に群がるのを見守りながら、私はオーク汁をひと口すすった。

はあ……美味しい。さて、私もお弁当をいただこうかしらね。ひととおり取り皿に取って、と。

ええと、まずは……唐揚げからいっちゃおうかな？

唐揚げをひとつ取り、かじりつくと、弾力のあるお肉からじゅわっと肉汁が溢れ出す。

ううー……これよ、これ！　噛めば程よい弾力が歯に心地よく、口の中が肉汁で満たされて……

ああ、幸せ。

もきゅもきゅとお肉を噛みしめながらも、視線は次に何を食べようかとさまよう。

うーん、次は卵焼きいっちゃおう……うん、いい焼き加減。ふわっふわで美味しい！

前世ではだし巻き卵をよく食べていたのでそうしたんだけど、皆は甘めの卵焼きのほうがよかったかな……？　マリエルちゃんは美味しそうに食べてるから大丈夫そうね。

すると、輝夜が念話で唐揚げのおかわりと卵焼きをリクエストしてきた。ちょちょいと取ってあげると、また夢中で食べはじめる。

さて、お次はお弁当に欠かせないおにぎりちゃん！　まずは、梅干しから……んん！

すっぱうまーい！　食欲がさらに加速しちゃうわね！　合間にオーク汁やポテトサラダ、また唐揚げとはさみつつ、おかかおにぎりもいただく。うん！　おかかと醤油《しょうゆ》がごはんによく合うわぁ……！

私たちはしばし無言で、しかし笑顔でお弁当に舌鼓《したつづみ》を打ったのだった。


「はあ……お腹いっぱい。転生してこんな風にお弁当を食べられるなんて夢みたい」

マリエルちゃんはお腹をさすりつつ足を投げ出して座っていた。お行儀悪くってよ？

「大げさねぇ。またこんな風にピクニックしましょうね」

「やったー！　ぜひぜひ！」

マリエルちゃんが手放しで喜ぶのに苦笑しながら、私は食後のお茶を渡した。

「これで、お花見ができたらもっといいのにねぇ……」

ただのピクニックだって楽しいことは楽しい。我が家の庭園も春を謳歌《おうか》するかのようにどこも花盛りだ。けれど、春の陽気を感じるこの季節、元日本人としてはやっぱりお花見がしたい。

桜……華やかだけれど儚《はかな》げで、別れと新生活を感じさせる花。

前世では満開の桜並木を通って通学するのが春の楽しみだった。

家に入ってランドセルや髪に花びらがくっついているのを見つけたり、落ちていた蕾《つぼみ》を拾って帰って押し花にしてしおりにしたり。

卒業式の日、大好きだった先輩に告白とまではいかなくても「卒業おめでとうございます」と言いたかったのに、人だかりがすごくて近寄ることもできず、開花前の桜並木をしょんぼりと帰ったり……そういえば、あれからずっとおひとりさまのままだったっけ。

いやいや、そういう黒歴史はおいといて。とにかく、桜は前世の思い出とは切っても切れない存在なのだ。

桜かぁ……どこに行けばあるのかな。やっぱり。ヤハトゥールにしかないのかな。

以前、お兄様がバステア商会で買ってくれたヤハトゥール製の髪飾りが桜モチーフだったことから、この世界にも桜が存在しているのは確かなのだ。

ここ、ドリスタン王国にあるのかは不明だけれど……

「そうねぇ、ここらじゃ桜なんて見ないものね。昔、確かこのくらいの時期にそれっぽいのを見かけたことがあるけど、今思えば多分あれは桜だったんだろうなぁ。当時は幼児だったし、前世の記憶もないから、きれいなピンクの花がたくさん咲いてるー！　ってはしゃいだだけだったけど……」

「えっ⁉　マリエルさん、今なんて⁉」

「へ？」

「だから、昔、桜を見たって！　ドリスタン王国に桜があるの⁉」

私の勢いにタジタジになりながら、マリエルちゃんは記憶を辿るように答えた。

「ええと……あくまで多分、なんだけど。うちの商会が今のような大店《おおだな》じゃなかった頃は、父が仕入れのために他領へ足を運んでいたの。さほど遠くでなければ家族で行くこともあったんだけど、確かその時も家族で他領へ向かう途中だったと思う。倒木で街道を塞がれて大きく迂回《うかい》せざるを得なくなって、脇道を通って街道に合流しようとしたところで道に迷っちゃったの。その時に見たのよ」

「……ってことは王都に桜はないのね」

私は桜の有力情報に沸き立ったものの、近くにはないとわかり、意気消沈してしまった。

王都内ならどうにかできるけど、貴族の私が他領に行くのはちょっとハードルが高い。

なぜかというと、他領に行くのには通行許可証がいるからだ。

冒険者や商人は各ギルドにそれぞれ登録しているので、それが身分証明兼、通行許可証になる。

だけど、それ以外の人は、貴族だろうが平民だろうが通行許可証が必要だ。もちろん、どの領地も全てが塀で囲まれているわけじゃないからやろうと思えば入りこむことは可能なんだけど、何かあった時には現地で厳しく取り締まられ、場合によっては処罰の対象になる。下手するとスパイ容疑をかけられたりとか、そういう危険性があるってわけよね。

貴族の場合は、貴族同士の交流があり、その貴族からの招待状があれば、それが許可証代わりになるし、そうでなくとも王宮で申請して訪問の理由が認められれば通行許可証が発行される。

観光が収入の主軸である領地なら「お金を持った貴族や商人は大歓迎でっせ！」ってことで比較

的簡単に発行される場合もある。

ちなみに、平民は税が納められずに他領へ逃れたりするのを防ぐため、よっぽどのことがないと許可証は発行されない。

大抵の領地には貧民街《スラム》が存在しているけれど、そこに住んでいるのは他領から無許可で逃れてきた者やその子どもだったりする。

話は逸れたけど、それなら私の場合は通行許可証や招待状を手に入れたらいいんじゃない？　って思うよね。

まあ、私もそう思う。

でもね、私……他領の貴族のお友達なんて……いないから……

い、いいもん。私にはマリエルちゃんがいるもんねっ！

王宮で申請するにしても、観光地ですらない、ただ桜が咲いているだけのところに行きたいと言って、許可がおりる気がしないんだよね……

ちなみにマリエルちゃんは商業ギルドに登録しているそうなので、他領に行こうと思えば比較的簡単に行けるらしい。いいなぁ。

「いいなぁ……って、そうは言うけど女子供がおいそれと旅なんてできないからね？　そもそも他領へ行く用なんて普通はないもの」

「あ……そっか」

羨《うらや》ましいと思ったけれど、私たちのように成人もしていない子どもが保護者なしでほいほい遠出なんてできるわけないか。ましてや女の子だし。

それに、王都なら大抵のものが手に入るし、今のメイヤー商会のような大店《おおだな》ならマリエルちゃん自身がわざわざ他領へ出る必要なんてないよね。

むしろ転移でほいほい出かけようとする私のほうが特殊なわけで……

「はあ……お花見、したかったなぁ」

桜、見たかったな。王国のどこかにあるとわかった分、余計に未練が残るよね。

「主《あるじ》よ、花見とやらがしたければ、すればいいではないか」

「えっ？」

「そうだよ。くりすてあがおはなみしたいなら、おれがつれていってあげるよ？」

「で、でも……桜の咲いている場所もわからないし」

黒銀と真白がそう言ってくれるのは嬉しいけれど、桜がどこで咲いているのかもわからないんじゃ無理だよね。

私がしょんぼりしていると、黒銀がマリエルちゃんを見た。

「マリエルよ、およその場所はわからんのか？」

「えっ、あの、その……何しろよちよち歩きの幼児の頃のことで、私もはっきり覚えているわけでは……」

「まりえる、まりえるのおとうさんからてがかりだけでもきいてみてよ」

「え？　ええっと、あの、はい……父に聞いてみます」

マリエルちゃんは黒銀と真白に詰め寄られてタジタジになっていた。なんだか申し訳ない。

『全くこいつらときたらアンタのためなら必死になるんだから』

『このうつけが。主《あるじ》のために最善を尽くすのは当然であろう』

『そうだよ、かぐやはなにもしなさすぎ』

『うっさいね！　アタシはアタシのやりたいことだけやるのさ！』

『もう、喧嘩はしちゃだめっていつも言ってるでしょう？　皆、マリエルちゃんを困らせないようにしてね』

念話で口喧嘩している皆をなだめる。一方、念話が聞こえないマリエルちゃんは黒銀たちの穏やかではない雰囲気を感じ取ったようで、固唾《かたず》を呑んで見守っていた。

あわわ。マリエルちゃん、心配させちゃってごめんね。

聖獣契約をしている黒銀と真白は、契約者である私の気持ちを優先し配慮してくれる。

私がお花見ができないとわかってしょんぼりしているから、喜ばせようとしてくれているのだ。

そのことは本当にありがたいと思う。

……そのために手段を選ばないところが怖いんだけどね。

でも、もし桜を見ることができたら、そんでもって、お花見までできたら最高だよね？

私は申し訳ないと思いながらもマリエルちゃんの情報を心待ちに、お花見弁当の計画を立てることにした。

その後私たちは、水辺でしばらく日向ぼっこをしつつ会話を楽しんでから屋敷に戻った。

マリエルちゃんは「桜のあった場所のことを父さんに聞かないと！」と張り切って帰っていった。
……黒銀と真白の無言のプレッシャーに負けたわけではないと思いたい。

翌日、早速マリエルちゃんから桜の在《あ》り処《か》について報告の手紙が届いた。相変わらず親子して仕事が速い。

マリエルちゃんのお父様であるメイヤー男爵曰《いわ》く、昔のことだし、そこには迷った末にたどり着いたということもあり、記憶は定かではないそう。けれど、どのあたりで迂回《うかい》をしたのかは書き記しているはずなので過去の記録を探してみるとのこと。

行商人たちは、街道沿いの休憩や野営がしやすい場所や水場、仕入れ先の街のことなどの情報を大事にしているそうで、メイヤー男爵も仕入れの旅に出た時は必ず地図や手帳に記録していたそうだ。

倒木の情報は門番の兵士に報告する義務があるため確実に記録しているはずだけれど、迷ったルートまではさすがに書き切れず、迂回《うかい》し始めた地点とその方角、あとは街道に戻った地点がわかる程度なのだそうだ。

それでも、広大なドリスタン王国をあてどなく探し回ることを思えば、朗報以外の何ものでもないよね！

数日後、メイヤー男爵親子が我が家へやってきた。

「例の迂回路《うかい》の件ですが、今からご説明させていただいても？」

メイヤー男爵は早速ですが、と鞄から古ぼけた地図を取り出した。

「うむ、我々が代わりに聞こう」

私の背後で控えていた黒銀がすかさず前に進み出た。続いて真白がその隣に立つ。

「……あの、こちらは？」

「あ、あの、私の護衛なのです。長く旅をしていたそうなので、地理に疎《うと》い私よりも役に立つかと思いまして」

嘘は言ってない。黒銀と真白は聖獣契約をした私の契約獣で、護衛もしてくれているし、黒銀は長く生きていて、色んなところを放浪し続けた末に私と契約したので私よりよっぽど物知りだ。

「そうでしたか。それでは、こちらの地図ですが……」

メイヤー男爵は地図を広げ、当時の記憶を辿りつつ説明しはじめた。

「王都の東門から出て東南方面の街道を荷馬車で二日ほど進んだあたり、確か……そうそう、この枝分かれした先に進んだところ、倒木が街道をふさいでおったのです。荷馬車では乗り越えることもできなかったので、やむを得ず枝分かれした場所まで戻り、もう一つの道へ進みました。これは今の街道を整備する前に使われていた旧街道で、今ではほとんど使う者などおりません。ただ、遠回りではありますが行けないこともない、そんな道です」

メイヤー男爵は王都の東門が記された地点から街道をゆっくりと指でなぞり、分かれ道を左に進んだかと思うとある地点でピタリと指を止めた。そこには小さくバツ印が書かれていた。そして指先を再び分かれ道まで戻すと今度はもう一方の道を辿りはじめた。

「私は今の街道が整備されてから商人になったのでこの道には詳しくありませんでしたが、妻子を連れての道行きでしたし、倒木が撤去されるまで待つわけにもいかない事情があったもので、多少の遅れで済むのなら、と先を急いだのです」

苦笑まじりに語るメイヤー男爵の様子を見るに、急がねばならない止むに止まれぬ理由があったんだろう。メイヤー男爵の説明は続く。

「使われなくなって久しい、石ころだらけの悪路を迷いながらもどうにかこうにか半日ほど進んだところで暗くなりはじめたため、野営することにしました。魔物除けの香を焚《た》きながら、不寝番《ふしんばん》をしていたところ、木々の隙間からなにやら白いものが浮かび上がって見えたのです。もしやレイスではなかろうかと様子を窺《うかが》ったところ、どうも向かってくる様子もない。私は意を決して正体を確かめに行きました」

メイヤー男爵ったら、無茶するなぁ……レイスなんて、要は幽霊じゃないの。よくそんなの確かめに行こうと思ったわね。私だったら絶対に行かないよ。

前世で読んだファンタジー小説とかではレイスやアンデッドと闘うシーンがあったけど、現実では幽霊やゾンビと闘うとか無理でしょ……

とはいえ、前世では空想上の存在だと思われていたレイスもアンデッドも、この世界には存在する。信じたくはないけど。

アンデッド系への対策としては、教会で神聖魔法を使って作られた魔を祓《はら》う水……いわゆる聖水のようなもので、それをいくばくかのお布施《ふせ》を渡して分けてもらい、いざというときに振りまくという方法がある。それが一番安価でお手軽。でも、聖水の効果がもつのは長くて半月程度。もっと長い期間で高い効果を希望する場合は魔物除けにもなる結界石があるので、それを使うのだけど、お値段……もとい、お布施《ふせ》がかなり必要になる……らしい。

我が家の馬車にも、外からは見えないところに大きな石がはめ込まれていて、それが結界石なんだって聞いたことがある。そこに魔力を流し込めば、結界が発動するらしい。乗りごこちはアレでも、そのあたりの対策はしっかりしているのだ。

仕事柄、旅することが多い行商人やベテラン冒険者は、小さいながらも結界石を持っているそうだ。魔力がほとんどない平民でも、魔力補助用の魔石をセットで持てば使えるそう。だけど、結界石と魔石を持つとなるとそこそこいいお値段になる。

それなりに稼ぎがないと持てないので、駆け出しの冒険者や行商人は聖水や魔物除けで対処するしかない。

メイヤー男爵は魔物除けの香を焚《た》いていたというから、結界石なんて持ってなかったんだろうな。丸腰でレイスかどうか確かめに行こうだなんて、本当に度胸があるというか、怖いもの知らずというか。

私はメイヤー男爵の大胆な行動にヒヤヒヤしながら話の続きを聞いた。

「藪《やぶ》を払いながら進むと、それはレイスなどではありませんでした。白い花が満開に咲き誇る木だったのです」

「えっそれって。まさか……」

「ええ、お探しの木です。あまりの美しさに、これはこうして人をおびき寄せるタイプの魔物なのではないかと思いました」

まさか、幽霊《レイス》の正体が桜だったなんて。

確かに、夜の桜は月明かりで白く浮かび上がって遠目には不気味に映るかもしれない。

前世が日本人の私やマリエルちゃんなら「やっぱり夜桜はいいねぇ～」なんて悦に入ってるところだけど、初めて見るメイヤー男爵が不審に思っても無理はないか。

「暗闇に浮かび上がる様《さま》はなんとも幻想的で、この世のものとは思えませんでした。思わずふらふらと近寄りかけたものの、馬車に置いてきた妻とマリエルのことを思い出し、踏みとどまりました」

若干ドヤ顔であたかも冒険譚《ぼうけんたん》のように語るメイヤー男爵に、マリエルちゃんは恥ずかしそうにしながら口パクで私に「ごめん」と謝ってきた。

まあまあ、いいじゃない。メイヤー男爵にしてみれば、大冒険に違いなかったんだろうし。

私はメイヤー男爵親子を微笑ましく思いながら、桜の情報をもっと聞きたくて話に意識を戻した。

「そのまましばらく様子を見ましたが、襲いかかってくる様子もありませんでしたので、これは魔物ではなくただの木なのだと安心し、家族が待つ馬車へ戻って休むことにしたのです。そして……」

「それで、その翌日に父からその話を聞いた私と母は、父の案内でそこまで行ったのです！」

「マ、マリエルや、まだ話の途中で……」

「クリステア様が聞きたいのはその木のことと、木の在り処《あか》！　なの！　無駄話でお待たせしちゃだめじゃないの！」

「む、無駄話なんてそんな……」

話が長くなりそうだと判断したマリエルちゃんが、メイヤー男爵の話を遮《さえぎ》ってあとを続けた。マリエルちゃん強ぃ。

「私が父に案内されたのは朝のことでしたが、朝日が差し込んだその木は、小さな薄ピンクの花をつけ、時折吹く風に花びらを散らせていて、とても美しかったんです。木の下は花びらで薄ピンクに染まり、その一帯はまるで別世界のようでした。当時は幼いながらも感動したことを覚えています」

「そうだなぁ、あの時お前は『とうたん、おはなきれいねぇ！　おはながくるくるだんすしてるねぇ！　しゅてき！』と一緒にくるくる回りながら大層はしゃいでいたっけな」

「もう！　父さんったらやめてよ！　クリステア様の前で！　恥ずかしい！」

マリエルちゃんはメイヤー男爵の思わぬ暴露話に真っ赤になっていた。可愛い。

ああ、いいなぁ。私もその光景を早く見たい。

「話の腰を折るようだが、その木があったのはこの地図のどのあたりだ？　大まかな範囲でも構わん」

黒銀がメイヤー親子のじゃれあいに業を煮やしたようで、二人の会話に割って入った。

「……あ、すみません、私まで。さあ父さん、早く黒銀様に大体の場所を教えてあげて」

「おお、これは申し訳ない。私も迷った末のことですのではっきりとは申せませんが……そうですな、このあたりから……このあたりまででしょうか」

メイヤー男爵がぐるりと指先で囲んだエリアは結構広範囲だった。

この世界の地図って、前世と比べてざっくりとした作りだからわかりにくいけど、捜索エリアはかなり広そうだ。

「ふむ。このあたりなら行ったことはあるが、そんなものを見た記憶はないな」

桜の季節じゃなきゃわからないだろうから、黒銀がそこを訪れたのは、その時期じゃなかったんじゃないかな。

「このあたりには昔、開拓民の集落が点在していたようで、獣除けの石垣の跡や、煮炊き用のかまどの跡がありました。だからこそ野営の場所に選んだのですがね。この旧街道は現在、ふたつの領地の境界が入り組んでいるところにあって、結局それぞれの領地で街道を整備したために余計に使われなくなったみたいですな。商隊が通らないので生活が難しくなり、住民たちは集落を放棄したようです」

『なるほど、確かに人里があったかもしれん。ならばその周辺には近寄らんから我が知らなくても無理はない』

黒銀が私に念話で得心したように言った。そうね、黒銀だって大騒ぎになるのがわかってて、わざわざ人里になんて近寄らないわよね。

「範囲は広いですが、集落の跡地周辺を重点的に探すといいかもしれませんな。おや、よく見たらこのあたりはエリスフィード公爵領との境界にあたりますな」

なぬ？　うちの領地？

メイヤー男爵がふと漏らした言葉を耳にした私は、地図に注目した。

古い地図なので正確かどうかは怪しいけれど、確かにそこに描かれた旧街道はエリスフィード公爵領と隣の領との境界をぐねぐねと縫うように走っていた。

「この街道を辿ると、エリスフィード公爵領にも行けるのですか？」

「ええ。途中いくつかの分岐点がありますので、そこから各領地へ向かえます。しかし、それぞれの道に峠などの難所もありますので、今ではほとんどの人が新たに整備された街道を使っているそうです」

私が王都へ来た時に使った街道は、もっとまっすぐで、整備されていた。それでも馬車で行くのはしんどいのに、この曲がりくねった道や峠を行くだなんて、想像するだけでつらい。……ご先祖様、新街道を整備してくれてありがとう！　よし、お父様に街道をもっと使いやすく整備してもらうようお願いしよう。そうしたら、馬車の旅も快適になるかもしれないものね。

それにしても、桜がエリスフィード公爵領にあるかもしれないだなんて……まさに灯台下暗しってやつ？

それなら、私たちが花見に出かけても問題ないかもしれないよね……いやいや、まずは桜の在《あ》り処《か》を探すのが先決……って、私はあちこち出歩けないし、ましてや荒れた旧街道なんて行けるわけがないから、必然的に黒銀たちに探索をお願いするしかないわけだけど。

とにかく、急がないと桜が散ってしまう。

黒銀たちは桜の木なんて見たことないから、葉桜になっちゃうとわからないはずだ。そうなると探索は来年まで持ち越すことになる。

だけど、来年また探索したとしてもお花見ができる保証なんてない。できるなら、今のうちに見つけておきたい。

そこにマーキングをしておけば、来年から桜のシーズンは転移で簡単にお花見に行けるようになるはずだもの。

メイヤー男爵に地図を貸していただけないかとお願いしたところ、快諾してくれたので、感謝の意を伝え、謝礼がわりのベーコンを渡した。

「こ、これは！　噂のエリスフィード公爵家ご謹製《きんせい》のベーコンでは!?」

メイヤー男爵は、驚愕《きょうがく》しつつも慎重にベーコンを手に取った。

……あれ？　以前マリエルちゃんにお土産《みやげ》として渡したはずなのに、初めて見たような反応……？

不審に思ってちらっとマリエルちゃんを見ると、ふいっと目を逸らされた。

……これは、インベントリに隠し持ってるとみた。全くもう。

「そうですわ。ぜひ御家族の皆様で召し上がってくださいね。ええ、ご家族で……」

「これはありがたい！　噂に聞くばかりでなかなか手に入らないベーコンを食べられるだなんて、皆喜ぶぞ！　なあ、マリエルもそう思うだろう？」

「え、ええ。そうね……」

引きつった笑いのマリエルちゃんを見て思った。

はい。マリエルちゃんクロ確定。


私たちはメイヤー親子を送り出すと、自室へ戻った。

「それにしても、偶然とはいえ探している桜がエリスフィード公爵領付近にあるだなんてね」

テーブルに借りた地図を広げ、ひとりごちた。

「うむ。我はこの街道周辺の山にしばらくいたことはあるが、人里近くには降りなかったので、そんなものがあるなんぞ、ついぞ知らなんだな」

「ねえ、くりすてあ。さくらって、そんなにきれいなの？」

黒銀と違って放浪した経験などない真白は、メイヤー男爵の説明を興味深そうに聞いていたっけ。

聖獣ホーリーベアの真白が元々いたのは、ドリスタン王国北部の、国境に近い山脈のどこからしい。

どこかっていうとざっくりしすぎているけど、それというのも、季節によって山頂近くにいたり、裾野近くに降りたりと生息地を変えているから。獲物を乱獲しすぎないよう、長く同じところに留まらないようにしているんだって。

とはいえ、山脈から出ることはなかったから、まともに人と接したのは私が初めてだったそう。

白虎様のお節介によって私の契約獣候補としてつれてこられて、初めて人間の料理を食べ、それがすっかりお気に召した真白は、私と聖獣契約をしたんだよね。縁って不思議。

「そうね……メイヤー男爵は桜の花が白いって言っていたけれど、実際は白に近い薄いピンク色をしているの。五枚の花弁で、儚《はかな》げな印象で……あ、そうだ」

私はあるものを思い出し、ドレッサーに向かった。

「ええと……あった。これだわ」

ドレッサーの引き出しにしまっていた小箱を取り出してテーブルまで戻った私は、小箱の蓋をそっと開けた。

「これが、桜よ」

小箱の中身は、以前お兄様がバステア商会を訪れた際に見つけて、私にお土産《みやげ》として買ってきてくれた桜モチーフの髪飾りだ。

桜の繊細な花弁が見事に表現されたそれを、そっと取り出して眺めた。

「これ、のーまんのぷれぜんと、だよね？」

「そうよ。お兄様は桜を見たことがないけれど、私に似合いそうだからってプレゼントしてくれたの」

うーん、やっぱりお兄様ってセンスいいわぁ。うん、お花見が実現した暁《あかつき》には、この髪飾りをつけて行くことにしようっと。

「ほう、なるほど。そのような花を咲かせた木を探せば良いわけだな？」

黒銀は私の手元を覗き込み、髪飾りを目に焼き付けるかのようにまじまじと見つめた。

「黒銀、悪いけどお願いね。探す範囲が広くて大変だけど、あまり時間がないの。桜の開花期間はそんなに長くないから……」

「まかせておけ。この程度ならばさほど時間はかからずに見つかるはずだ。無論、今咲いていれば……だがな」

そうなのよね。咲いていないことにはお話にならない。いくら春告げ鳥が来て春になったとはいえ、この世界の桜が春に咲くとは限らないのだ。

しまったなぁ、マリエルちゃんが桜を見たのはいつの頃だったのかはっきり聞いておくべきだった。桜だから春に咲くはずだ、としか考えていなかった。いや、実際に、ドリスタン王国の四季は前世とよく似ているし、大抵の花は春に満開になる。

時折、冬にしか咲かない花なんてのもあるけれど、マリエルちゃんは「たしかこのくらいの時期に」とか言っていたし、きっとこの世界の開花時期も今頃に違いない、うん。

それにしたって、春告げ鳥が北へ向かってから数日が経過している。早くしないと桜を見つける前に散ってしまうかもしれない。

「無理を言ってごめんね、黒銀。お願いね」

「うむ。行ってくる」

「おれもてつだう！　くりすてあ、いってくるね」

黒銀は真白と一緒に、桜を探しにそのまま転移していった。

ああ、こんな時、自分は無力だと思う。

魔力が多かろうと、色んな魔法が使えようと、いざという時に役に立たないんだもの。

今回だって仮に黒銀たちについていったところで、黒銀や真白に私の護衛をさせて負担を増やすだけ。

それに、何かする時には必ず報告を、というお父様との約束もある。自分の立場がついていくことを許さないのだ。

はあ、黒銀や真白に頼るしかないなんて、情けない……

せめて私にできることって……ええと、料理？

「……うん、ごはん作ろう」

せめて、私のために頑張ってくれる黒銀や真白を労《ねぎら》うために、私の魔力のこもった美味しいごはんを作って待つことにしよう。

私は、すっくと立ち上がり、調理場へ向かった。

「さてと、何を作ろうかな」

調理場は夕食を作るために早くも動き出していて、年若い見習い料理人たちが野菜の皮剥《かわむ》きなどの仕込みに取りかかっていた。

「げ。お嬢……様。どうしたん……です？」

私が調理場に入るなりシンが気づいて、慣れない敬語で話しかけてきた。

げ、とはなによ。失礼しちゃうわ。

「黒銀と真白にちょっと面倒なおつかいを頼んだから、帰ってきた時に美味しいごはんで労《ねぎら》おうと思ったの」

「お嬢、様の頼み事なんていつも面倒なのに、そのお嬢が面倒って思うなんて……黒銀様たち、気の毒に……」

シン、小さな声で呟いてるけど、聞こえてるからね？　あと敬語が乱れてるから。

私はシンをジロッと睨んだものの、黒銀や真白に面倒をかけているのは間違いないので何も言わなかった。

「あー……っと、手伝いは必要か？　今仕込みやってて手が離せねぇんだけど」

シンは背後で必死にじゃがいもの皮剥《かわむ》きをしている見習いたちをちらっと見た。以前、料理長の指示とはいえ、私の手伝いで抜けさせて迷惑をかけたことがあるからなぁ。そうたびたびだと、職場での関係がこじれそうだものね。

「ああ、別に手伝いは……」

いいわよ、と続けようとしたところで、シンの表情がうげっと言わんばかりに変わった。

「クリステア様、それには及びませんぞ！　私めがクリステア様の助手をいたしますからね！」

そう言っていつの間にやら私の背後に立っていたのは、言わずと知れた人物だった。

「……りょ、料理長、いたんですね。てっきり休憩中かと思っていたわ」

料理長は、一体どこから湧いて出たんだ？　と思うほど気配を感じさせなかった。

「先ほどクリステア様が調理場に向かわれたと聞きましてな。クリステア様手ずから作られるこの千載一遇《せんざいいちぐう》の機会を逃しては、エリスフィード公爵家筆頭料理人の名折れ！　どんな状況であろうと馳《は》せ参じますとも！」

「いや、そこはお嬢様に料理なんてさせられないって止めるところだろ……」

シンがボソッとツッコんだ。私もそれには大いに同意したいところだ。まあ、料理するのを止められても困るけど。

「止める？　お前、何バカなことを言っているんだ。クリステア様の柔軟な発想から生み出される、独創的なレシピの数々……料理人ならば喉から手が出るほど欲しいその才能を、垣間見ることができるんだぞ!?　そうやって拝見することで、わずかなりともその恩恵を受けられたらと日々切望しているのに、止めるなんて真似をするはずがないだろう！　クリステア様専属助手の言葉とは思えないぞ!?」

料理長……「うわぁ、何言ってんだお前？」みたいな顔でシンを見るのをやめてあげてほしい。シンも「アー、ソウデスネー、スンマセーン」って、無表情で答えるのやめよう？　っていうか、私の助手になるのはそんなに不満なの!?

顔にありありと「助手なんてなりたくてなったわけじゃねーよ」って書いてある気がする！　辛い！

「いえあの、そんな大層なものを作るわけではないから特に助手は必要な……」

「いいえ、クリステア様。私め、初心にかえって、クリステア様からわずかでも学びとるべくお側に控えさせていただきたく！　そのためでしたらいかようにも使っていただいて構いません！」

いや、私が構うから。

調理場ヒエラルキーの頂点である料理長を助手としてこき使う公爵令嬢ってどうなのよ……ああ、もう。面倒くさいなぁ。

料理長の暑苦し……いや、熱心さに根負けした私は、しぶしぶ料理長を助手に任命した。そして、うきうきと私の後ろをついてくる料理長をぽかーんと見つめる見習い料理人たちの邪魔にならないよう、そそくさと食糧庫へ移動したのだった。

「あー……お前らは知らないと思うけど、お嬢……、様が来た時の料理長はああだから。放っておいていいと思うぞ」

向こうでシンが見習いたちに説明しているのが聞こえたけれど、そんな説明しなくていいから！

確かにそうだけど！　そんな説明いらないから！　あと私たちを放置しないでよね⁉


調理前から変なダメージを受け、若干ふらつきながら食糧庫に入った私は、食材を前になんとか気を取り直し、どんなものがあるのか物色しはじめた。

「クリステア様、本日は何を作るご予定で？」

料理長はいかにも期待たっぷりで問いかけるけれど、残念ながら何も考えてない。

「特にこれを作ろうと思ってきたわけじゃないの。食材を見てから決めようかなって」

「おお、私は今、クリステア様に料理の神が降りる場に立ち会っているのですね⁉」

「違うから。神なんて降りてないから！」

「いえご謙遜《けんそん》を」

「本当に違うからね！」

うう、料理長が私に抱くイメージってなんなの？　そもそも料理の神様ってこの世界にいるの？

私はこれ以上のダメージを受けないよう、食材の棚に集中した。

うーん、何を作ろうかな。

せっかくだから、お花見弁当のおかずの試作も兼ねようかしら。

「……あら？　これは……」

どうやら農家から届けられたばかりらしき箱がいくつか積んであった。

「うん？　これは……まったく、食材が届いたらすぐに整理するよういつも言っているのに。大変申し訳ございません。私めの管理が行き届きませんで」

「そうじゃなくて、この食材は届いたばかりなの？」

私の目はすっかり箱の中身に釘付けになっていた。

「ええ、新しい野菜を育ててみたので使ってほしいと今朝方持ちこまれたものですね。私も初めて扱うので、どのように調理したものか思案しておりまして」

「あのこれ、使ってもいいかしら？」

私は箱の中の野菜を手に取った。

「ええ！　もちろんでございますとも！　クリステア様の手によってどのように調理されるのか……！　とくと学ばせていただきます！」

「ありがとう。じゃあ、使わせてもらうわね」

「はい！　ああ、私がお持ちします！」

私は使う分だけ料理長に渡して、他の食材を選んでいった。

「さて、食材は揃ったことだし、作るとしましょうか」

私はお気に入りの割烹着《かっぽうぎ》に袖を通すと、お目当ての食材を手に取った。

目にも鮮やかな緑と黄色のコントラストが、いかにも採れたて新鮮な一本の野菜。

アスパラガスだ。

キュッとした穂先は柔らかくて美味しそう。アスパラガスの旬は初夏だから、まだ収穫には早いように見えるけど、十分、十分。

アスパラガスは収穫から時間が経てば経つほど味が落ちる野菜だから、一刻も早く食べてあげないとね！　それに、アスパラガスには疲労回復に効くといわれるアスパラギン酸が多く含まれているので、黒銀たちを労《ねぎら》うのにぴったりの食材だ。

まずは、さっと洗ったアスパラガスを、根元から一、二センチのところで切り落として、そこから五センチ程度の高さの皮の部分とハカマを削《そ》ぎ落とす。あ、ハカマっていうのは、アスパラガスの茎についている、褐色の三角形の部分ね。アスパラガスの根元のほうは皮が固いから、こうしておかないと食感が悪いし食べにくいんだよね。

そして半分にカットしてから少量の水を張ったフライパンに下半分を入れて火にかけ、沸騰したら上半分と塩を加えて蓋をして好みのかたさに茹でる。一分くらいかな。

そうしたら下拵《したごしら》えが完了。

「下拵《したごしら》えはこんな感じでお願いね。とりあえず食べてみて」

私はアスパラガスを上下一本ずつお皿にとって料理長に渡した。

料理長が優雅にフォークで食べている隣で、私も試食してみる。

「うん、美味しい……！」

穂先のポリッとした歯応《はごた》えに独特の風味、甘味も感じられていい感じ！

マリエルちゃんならマヨネーズをディップにしてモリモリ食べたいって言いそう。

「ほう、これはいい。シャキッとした歯ごたえ、青臭いかと思ったらそんなことはなく、甘味さえ感じる」

料理長も気に入ったみたいね。

「このまま、サラダとしてマヨネーズをつけて食べてもいいけれど、今回はこれを使っておかずを作ります」

「はい！」

アスパラガスでおかずといえば、やっぱりあれだ、ベーコン巻き！

私はベーコンをできるだけ薄く切って、こしょうを振りかけ、アスパラガスに巻きつけた。巻き終わりは爪楊枝《つまようじ》の代わりにピックで留めておく。

料理長も私の作業を見よう見真似で手伝ってくれたけれど、ベーコンのカットも巻き方も、私より断然きれいだった……ぐぬう、負けた。

いいもん、私のは前世でいうところの家庭料理なんだから、プロの料理人に負けたって悔しくなんかないやい。

私はぶちぶちと負け惜しみを呟きながらアスパラガスを巻いていった。

そうして巻き終わったアスパラガスのベーコン巻きをフライパンで焼き色がつくまで焼き上げてお皿に盛り、柑橘系《かんきつけい》のなにか……ええい、もうレモンでいいか……をくし型にカットして添えた。

「新たな食材と、ベーコンがこんなに合うなんて……」

アスパラガスのベーコン巻きを試食した料理長は、うっとりとしていた。

「この野菜はお肉や卵と相性がいいから、じゃがいもとベーコンの炒め物や、ベーコンエッグに入れても美味しいと思うわ」

「なるほど。試してみますね！」

炒め物以外にもお浸《ひた》しにしたり色々と使い道があるので、前世では旬の時期によく食べていたっけ。春は色んなお野菜が出回るから、これから楽しみだなぁ。

「さてと、一部はお弁当用にするとして、黒銀たちはこれだけじゃ足りないだろうから、他にも作りたいわね」

私はインベントリから細く切った麺とシャーケンをこっそり取り出した。

「クリステア様、それはイ……！」

私は料理長に「シー」と内緒のポーズをして黙らせた。

これまで王都の料理長には秘密にしていたけど、こんなにベッタリと見張られてたんじゃ、なんにもできないもの。それなら巻き込んでしまえ、と思ったのよね。

大鍋にお湯を沸かしている間にアスパラガスは斜め切りに、シャーケンは皮と骨を取り、食べやすいサイズに切っておく。小麦粉、牛乳、砂糖をダマが消えるまでよくまぜておいて、鍋の湯が沸いたら麺を茹でる。

フライパンに油を入れて熱し、強火でアスパラガスを炒めて焼き色をつけてからシャーケンを投入。シャーケンの色が変わったら、まぜておいた小麦粉、牛乳、砂糖——いわゆるホワイトソースの素《もと》を加え、とろみがついたところで茹で上がった麺を加えて一気にまぜ合わせ、塩、胡椒《こしょう》で味を調《ととの》えてできあがり！

ホワイトソースって一見難しそうに見えるけれど、はじめにダマにならないようちゃんとまぜておくのと、とろみがついたら一気に仕上げるように気をつけたら結構簡単にできるのだ。

パスタはお皿に高く、山になるように盛り付けるときれいに見えるという前世の料理番組での教え（？）を守って、丁寧に盛り付ける。料理長に試食分を渡すと、彼は即座に口にした。

「さすがクリステア様、この滑《なめ》らかな舌触りに豊潤な香り……まさに、天上のもの……」

料理長はまさに蕩然《とうぜん》とした様子でアスパラガスとシャーケンのクリームパスタを味わっていた。

目尻にうっすらと浮かぶのはまさか……涙⁉

どうして私のまわりの食いしん坊は皆、食レポする時の表現がいちいち大袈裟《おおげさ》なんだろう……マリエルちゃんくらいシンプルに「美味しい！」だけでいいのに……いや、マリエルちゃんはマリエルちゃんでオーバーリアクション型だった。皆もうちょっと普通に食べてほしい。

いけない。料理長に構ってなんていられないわ。黒銀たちを労《ねぎら》うためにもっとたくさん作らなくっちゃ。

私は、黒銀や真白の喜ぶ顔を思い浮かべながら次々とおかずやお菓子をこしらえたのだった。

「はあ……久々にたくさん作ったわぁ」

ふう、とひと息ついた私は、最後に作ったどら焼きをインベントリにしまった。

「いやはや……次々と手際よく料理する様《さま》は、まさに料理の神の化身を見ているかのようでした。私もそこまで到達できるでしょうか……」

いやいや。前世で一人暮らし歴が長かったから、段取りよくできるだけだし。

「私なんて……料理長の仕事の正確さや速さには敵わないもの。それに勉強熱心だし。さすが我が家の筆頭料理人だけあるわね」

「クリステア様にお褒めいただき、光栄の極みでございます。お前たち、クリステア様を目標に頑張るのだぞ！」

「「「はい！」」」

大きな返事にびっくりして振り向くと、休憩から戻ってきた料理人たちがずらりと並んでこちらを見ていた。えええ……!?

「あ、あの。皆さんのお仕事の邪魔をしてしまってごめんなさいね。もう終わるから……」

汚れ物を片付けようと流しを見ると、すでにきれいさっぱり洗われていた。速い。

そういえば、汚れ物が出る度に料理長がサッと引き上げていたっけ。もしかして、見習いたちの仕事を増やしてしまったのかもしれない……

「よかったら、これを皆で食べてちょうだい。いつも美味しい料理をありがとう」

私は一塊《ひとかたまり》残っていたベーコンを差し出す。そして、料理人たちが嬉しそうに「「「ありがとうございます！」」」と声を揃えて礼を言う中、そそくさと調理場をあとにしたのだった。


夕食を終え、自室に戻った私は寝る支度をしながら黒銀たちの帰りを待った。

そんなにすぐ見つかるとは思っていなかったけれど、二人とも遅いなぁ……

帰ってきたらたくさんごはんを食べさせて、たくさんブラッシングしてあげよう。

そう思って待っていたけれど、二人は翌日になっても帰ってこなかった。

# 第十一章　転生令嬢は、思わず涙する。

「……どうしよう。二人とも帰ってこないの」

黒銀と真白を待っているうちに寝入ってしまったようで、いつのまにか朝になっていた。二人が朝になっても戻ってきていないことを知った私は、不安になってしまった。しかも昼を過ぎても彼らは帰ってこない。

ミリアに相談すると、彼女は笑顔でお茶を淹《い》れてくれ、私を宥める。

「大丈夫ですよ。前にも、狩りをなさっていて遅くなった時があったじゃないですか」

「そうだけど……もうあんな無茶はしないって約束したのよ？」

以前、二人が狩りに夢中になって帰りが遅くなったことがあり、その時に何かあったら相談するって決めたもの。それなのに、こんなに遅いなんて……まさか二人に何かあったんじゃ……

「……桜を探してなんて、言わなきゃよかった」

ポツリと言うと、ミリアがソファに座る私の前にしゃがみ、目線を合わせて微笑んだ。

「大丈夫ですよ。クリステア様が契約する聖獣様方に何かあるわけがないじゃないですか！　クリステア様はお二方が戻られたらしっかり労《ねぎら》って差し上げたらいいんですよ」

「……ええ、そうね」

落ち着くためにも紅茶を飲もうとカップを手にしたその時、黒銀と真白が転移して戻ってきた。

「おかえ……！　黒銀、真白!?　どうしたのその姿は！」

「きゃああ！」

満身創痍《まんしんそうい》の黒銀と真白の姿にミリアは悲鳴を上げた。

私はカップを取り落としたのもそのままに、二人に駆け寄る。絨毯《じゅうたん》にシミができようが、知ったこっちゃない！

「すまぬ……遅くなった」

「ごめんね、くりすてあ」

二人は疲れ切った様子なのに、私に微かに笑顔を向けて謝る。

「そんなのいいから！　一体何があったの⁉　ああ、怪我だらけじゃないの！」

服はところどころ斬られたように裂けているし、肌からは血が滲《にじ》んでいた。

「見た目ほど大したことはない……ああ、クリア魔法をかけてもらえまいか？　このままでは、主《あるじ》が汚れる……」

私が近寄って怪我の様子を見ようとすると、黒銀はそれを制した。

「ばか！　そんなこと気にしてる場合じゃないでしょ！」

それでも黒銀も真白も頑として近づかせてくれないので、即座にクリア魔法をかけた。

そんな簡単な魔法をわざわざ私にかけさせるだなんて、かなり弱っている証拠じゃないの。

ようやく近寄らせてくれた二人を真近で見ると、確かに浅い切り傷ばかりで、命に別状はなさそうだ。

私はミリアに傷薬や包帯を持ってきてもらい、聖獣の姿に戻った二人を手当てした。

聖獣である二人を薬師に見せるわけにはいかないから、こんなことしかできない。

そもそも聖獣に人の薬が効くのかもわからないけれど、やれるだけのことはしておきたかった。

私に治療魔法の適性があったらいいのに……！

『我らはこの程度の怪我なら、すぐに治癒するので心配するな。それより、魔力が不足しておるので主《あるじ》の側にいさせてほしい』

『おれも……だっこして？』

「そんなことでいいなら、ずっと側にいてあげるから、早く元気になって」

私は真白を抱き上げ、黒銀に寄り添った。

……こんな風に弱っている姿なんて初めて見た。私のせいだ。

二人が早く元気になりますようにと願いを込めながら、二人にエネルギーを分け与えるイメージで魔力を流した。

『ああ……心地よい。やはり、主《あるじ》の魔力は格別だ』

『うん、くりすてあのまりょく、きもちいい……』

「……ばか、こんなのでいいならいつでも持っていきなさいよ。でも、怪我なんてしちゃだめなんだから！」

うっとりと呟くのを聞いて思わず泣きそうになりながら、二人まとめてぎゅっと抱きしめた。

ミリアは静かに私たちの様子を見守っていたけれど、もう大丈夫そうだとわかると、薬箱や私が落としたカップを片付けてそっと部屋を出ていった。

しばらくそうしたあと、黒銀が『主《あるじ》、もう大丈夫だ』と声をかけ、するりと私の腕から抜け出た。

「本当に？　二人の魔力が不足するなんてよっぽどのことじゃない。もっと……」

真白が私の胸元からすべり落ちた瞬間、ぐらりと目眩《めまい》に襲われる。

『主《あるじ》！』

『くりすてあ！』

ふらついた私を、黒銀が咄嗟《とっさ》に身体で支えてくれた。

『くりすてあ！　だいじょうぶ⁉』

『……すまぬ主《あるじ》。我らに同時に分けるのはいくら主《あるじ》の魔力量が多くとも厳しかったろう』

……もしかして、これが魔力枯渇《こかつ》の状態？

クラクラ、グルグルして、まるで貧血になったみたいだ。身体を巡る魔力が減っているんだから、確かに貧血状態に近いのかもしれない。

『主《あるじ》よ。何か食うものはないか？　主《あるじ》の魔力のこもったものならば、少しは回復するかもしれぬ』

黒銀にそう言われた私は、よろよろとインベントリからオーク汁の入った鍋を取り出した。

人型になった黒銀が私を抱えて、汁だけ注いだお椀に手を添えて私に飲ませてくれると、ようやく少しだけマシになる。

「……ふう。少し楽になったみたい。ありがとう、黒銀」

「いや。そもそも我らが主《あるじ》から魔力を奪いすぎたせいだ。すまぬ……」

「ごめんね、くりすてあ。だいじょうぶ？」

真白も人型になり、心配そうに覗き込んでくる。

「平気よ、このくらい。さあ、二人も食べて回復してちょうだい」

私はインベントリから大量に作った料理を取り出し、二人に食べさせる。私も少しでも食べて回復に努めることにした。

満腹になって落ち着いたところで、二人にいったい何があったのかを尋ねた。

「ねえ、どうしてあんな怪我をしたの？　何があったの？」

「ああ、それが……あれから見当をつけた場所に転移した我らは、程なくして桜の在《あ》り処《か》を見つけたのだ」

「えっ！」

そんなに早く見つけたのなら、どうしてもっと早く帰ってこなかったの？

しかも、怪我までするなんて……

「早々に見つけた我らは、花見とやらをするのなら、周囲の危険を排除しておこうと決めて探索しておったのだが……近くの集落の跡地に盗賊のアジトを見つけたのだ」

「ええっ!?　盗賊ですって!?」

それはまずい。今はほとんど使われていない旧街道とはいえ、街道沿いに盗賊だなんて。いや、旧街道だからこそ人の往来が少ない分、知らずにそこを通れば格好の餌食《えじき》になるではないか。

早く通報して討伐に……

「それで、主《あるじ》に相談しに戻ろうかと思ったのだが、拐《かどわ》かされたらしき女子供がいたので一刻を争うと判断した。それで我ら二人で襲撃し討伐したのだ」

「はあぁ!?　と、討伐したですってぇ!?」

「うむ。賊はかなりの数で、本来の姿であれば即座に制圧もできたであろうが……我らは人の姿だった上、人を殺《あや》めるのは主《あるじ》が許さぬであろうと思い、難儀したのだ」

「おれたち、がんばってたたかったんだよ？　ちょっとまほうでこおらせちゃったりしたけど」

真白はほめて！　と言わんばかりだけど、ちょっと凍らせたって、何を？　盗賊を？

……聞くのがこわい。でも、そうか、二人が怪我したのは私のせいだったのか。

二人は本来なら聖獣とはいえ獣だ。獲物を殺すことにためらいはない。

だけど、主《あるじ》である私が人を殺《あや》めると悲しむから、殺さないように、しかも、聖獣姿を目撃されたらまずいから、人の姿を維持して頑張ってくれたんだ……本当に申し訳ない。

「そうだったの……って、そうだ。その盗賊はどうしたの？　さらわれた人たちは？」

肝心のことを聞きそびれていた。

「ああ、奴らは昏倒させて縛り上げ、集落に閉じ込めておいた。さらわれた者たちを近くの村まで送り届け、村人に馬で王都に通報するように命じて盗賊のもとに戻り、兵士が来たのを見届けたうえで戻ってきたのだ」

「きがついたとうぞくをぶんなぐってはねむらせてをくりかえしたんだよ」

……真白、お願いだから大きくなったら乱暴者にならないでね？

「そう……じゃあ、大丈夫、なのかしら」

「うむ。兵士には我らの姿を見せておらぬし、認識阻害魔法をかけておいたので誰も我らの顔など覚えてはおるまい」

……わーお、徹底してる。完璧じゃないの。

「それなら安心ね。それで、桜はあったのね？」

「うむ。まだ咲き始めといったところだった。あと数日で満開だろう」

「じゃあ、急がないと！　マリエルちゃんに手紙を書かなきゃ！」

私は慌ててマリエルちゃんにお花見のお誘いの手紙を出したのだった。


その二日後、私たちはこの前ピクニックで訪れた池の近くにいた。

「あの、お花見じゃなかったんですか？」

マリエルちゃんはお花見ができるとウキウキしてやってきたのに、連れてこられたのが違う場所だったので戸惑っていた。

『なんだい、別に花なんてないじゃないさ。まったく、メシなら屋敷でゆっくり食べりゃいいものを……花なんて見たところで腹がふくれるわけじゃなし』

私の足元で輝夜がフン！　と鼻を鳴らしながら文句を言ってくる。

『まあまあ、いいじゃないの。景色のいいところで食べるごはんは格別よ？』

『アタシは食えりゃなんでもいいけどさ。ちゃんと美味《うま》いもん、用意してるんだろうね？』

『もちろんよ。期待しててね』

私はご機嫌斜めな輝夜を宥《なだ》めると、マリエルちゃんに説明した。

「マリエルさん、大丈夫よ。これから移動する予定なの」

「そ、そうなんですか。そ、それに、あの……」

マリエルちゃんが緊張してチラ見する先には、前回のピクニックにはいなかったメンバーがいた。

「いつもクリステアが振り回してすまないね。今日は僕も同行させてもらうよ」

麗《うるわ》しい笑顔でそこにいるのは、私のお兄様、ノーマンだ。

「い、いいえあの！　私のほうこしょ、こそ、お世話になっておりましゅ……す！」

マリエルちゃんったら、顔を真っ赤にして、噛み噛みだ。

まあ、お兄様が目の前にいたら緊張するのは無理もないと思う。きれいだし、かっこいいもん。

私の自慢のお兄様だからね。えっへん。

「お兄様ったら。私はマリエルさんを振り回してなんていませんわよ」

むしろ振り回されているのはこっちのような気がするけど。

「どうかな……それにしても、うちの敷地内に薄いピンクの花が咲く木なんてあったかな？」

お兄様が不思議そうに尋ねる。

「いいえ、桜は他の場所にあるのですわ。今からそこに向かいます」

「え……？」

戸惑う二人をよそに、私は黒銀と真白に向かって合図した。

「それじゃあ、黒銀、真白。お願いね」

「承知した」

「はーい」

黒銀が私をひょいと片手で抱き上げてお兄様の肩を掴む。輝夜は置いていかれてなるものかとばかりに素早く私のひざに飛び乗った。真白は戸惑った様子のマリエルちゃんの手を取る。

「行くぞ。皆、目を閉じておくがいい」

黒銀がそう告げた途端、視界がゆらりと歪み、私はぎゅっと目を閉じた。

「主《あるじ》、着いたぞ」

黒銀の声を聞いて、そっと目を開ける。

なんてすごいの。こんな桜の群生地があったなんて。

少しだけ開《ひら》けたその場所には、小さな薄いピンクの花が咲き誇る木々がいたるところにあった。

「わあ……っ！」

満開の桜は、風に吹かれてはひらひらと花弁を散らし、なんとも幻想的だった。

「え、ここどこ……って。うわあ、すごいすごい！　満開じゃない！」

マリエルちゃんは目を開けたら見知らぬ場所にいて戸惑ったみたいだけど、満開の桜を見て興奮を抑えられなかったみたい。桜に駆け寄ると、花の下で花びらと一緒に回りはじめた。

うふふ、小さなマリエルちゃんもきっとこんな風にくるくる回ってたんだろうな。

ミニマリエルちゃんを想像しながら微笑ましく眺めていると、お兄様が静かに私の隣に立った。

「これは……もしかして、以前クリステアにあげたこの髪飾りの……？」

おお、お兄様の洞察力ったらすごい！　今日はせっかくなのでお兄様からのプレゼントである髪飾りをつけていたのだ。

昔プレゼントしてくれたモチーフのことまで覚えてる記憶力もすごい！

「ええ、そうなんです。マリエルさんが昔、この髪飾りのモチーフと同じ花を見たことがあると言っていたので、黒銀と真白に探してもらったんです」

「おれたち、がんばってさがしたんだ」

「うむ、我らの手にかかれば造作もないことよ」

うん。確かにすぐ見つけたって言ってたもんね。そのあとが大変だったんだけどね？

「すごいな……こんな花の群生地があったただなんて知らなかった。でも、ここはどこなのかな？」

「えっ、あの、多分……エリスフィード公爵領のどこか、ですわ……」

ここがどこかだなんて、そんなの私だって知りたい。実際のところ、エリスフィード公爵領なのかどうかすら怪しいのだ。

「どこかって……」

お兄様が訝《いぶか》しげに私を見るので、そっと視線を逸らした。

「私も黒銀たちに連れてきてもらったので詳しくはわからないのです」

「……そう」

お兄様は何か言いたげだったけれど、マリエルちゃんが見ている前では問い詰めにくかったようで、それ以上の追及はなかった。よかったぁ。

『へ～え、驚いたね。こんなところがあるだなんて知らなかったよ……っと』

輝夜は私のひざから飛び降り、桜の花びらが舞い散る様《さま》を眺めている。なんだかうずうずしているような……と思ったら、ひらひらと落ちてくる花びらを掴もうとして飛びついた……ものの、あえなく失敗。

そうそう、空中に舞う花びらって、意外と掴めないもんだよね～……っていうか、輝夜ってば最近行動がすっかり猫らしくなってないかな？

黒銀に言って降ろしてもらった私は、つい輝夜をにやにやしながら見つめてしまう。それに気づいた輝夜は、ツンとした表情で私の足元に入り込み、私のふくらはぎを尻尾でパシッと叩いた。

ふふ、輝夜ったら。照れ隠しなんだろうけど、全然痛くないですよーだ。

「あの、クリステアさん！　今のって、転移魔法ですよね？　すごーい！　テレポートを体験できる日がくるなんて！」

マリエルちゃんは桜だけじゃなく、初めて体験した転移魔法にも興奮した様子だった。

そうそう。確かに転移魔法って、前世でいうところのテレポートだ。

私も初めて転移した時は驚いたから、その興奮はよくわかる。

「転移魔法か……なるほど。転移陣は使ったことがあるけど、こんな風に転移したことはなかったから、驚いたな……」

お兄様は探索魔法で周囲を調べ、ここが王都のエリスフィード公爵家の敷地内ではないことを確認したらしく驚きを隠せない様子だった。

「黒銀たちに桜の在《あ》り処《か》を探して、連れてきてもらったのです」

「クリステアさーん！　早く！　早く！　お花見しましょうよ！」

マリエルちゃんは興奮を隠しきれない様子で、私を呼んだ。正確には花見弁当を、だろうけど。

「はーい！　ちょっと待ってね。黒銀、この敷物を敷いてくれる？」

「うむ」

「真白はクッションをお願い」

「はーい」

私はインベントリから敷物などを取り出し、黒銀と真白に渡して桜の木の下にセッティングしてもらう。そして、そこにお花見のために用意したお弁当を広げた。

お弁当といっても、重箱みたいな容器はないから、大皿に盛り合わせただけなんだけどね。

どれもインベントリに入れておいたから、できたてあつあつの状態だ。

「わあ！　すごーい！　美味しそう！」

「これは……すごいね。こんなにたくさん作るのは大変だっただろう？」

お兄様が驚くのも無理はないほど、たくさんのおかずとおにぎりを並べた。

ピクニックの時に出した唐揚げに始まり、黒銀たちを労《ねぎら》うために作ったアスパラガスのベーコン巻き、卵焼きはだし巻きと甘いのの二種類、ポテトサラダにピクルスとお野菜も忘れずに。寒かったらいけないと思い、スープもストックしておいたポトフやオーク汁などからお好きにどうぞ、といった具合だ。足りなかったら他の作り置きを出すつもり。

「さあ、皆さん召し上がれ」

「「「いただきます」」」

それを合図に、皆一斉にお弁当に手を伸ばした。

「んんー！　このアスパラベーコン美味しい！」

「この唐揚げは美味しいね……あれ、味が違う？」

そうそう、唐揚げは普通のとにんにく醤油《じょうゆ》味の二種類作ったんだ。

「たまご、あまいのふわふわでおいしい！」

「やはり、オーク汁は美味《うま》いな」

『ちょいと！　アタシに唐揚げを寄越しな！　あとおかかおにぎりもだよ！』

皆、それぞれに好きなおかずがあるみたいで、気に入ったものを多めに取り分けて美味しそうに食べている。

輝夜はどうやら唐揚げとおかかおにぎりがお気に入りみたい。

「皆たくさん食べてね」

私が輝夜用におかずやおにぎりを取り分けながら言うと、皆もぐもぐしながら、幸せそうに頷いた。

「はあ……きれいだなぁ」

私は桜を見上げて、ため息をついた。まさか、こんなに早く桜が見られるなんて思わなかったよ。皆が頑張ってくれたおかげだね。本当にありがたい……

「……ねえ、クリステアさん、この桜、ちょっと変じゃない？　桜ってこんな感じだったかしら？」

ぼんやり桜を眺めていた私に、マリエルちゃんがこそっと耳打ちしてくる。

「え？　変って……何が？　これが桜じゃなかったら、なんだっていうの？」

そう答えつつも、改めて桜をよく観察してみる。

「……あれ？」

花はどう見ても桜だけど、どこか違うような……？　うーん……

「あっ！　ちょっとだけ違うわよ、ほら」

「ええ？」

確かに、ここは前世とは別世界なんだから桜にそっくりとはいえ、全く同じというわけにはいかないだろうし……でも、言われてみれば確かになんだか違和感がある。

「よく見て。花が枝から直接咲いてるでしょう？」

「……そうね。それがどうかした？」

「桜って、確か枝から花の間に細い茎があったよね？　ほら、さくらんぼみたいな」

「そういえば……」

さくらんぼも桜と同じような花が咲くから、親戚みたいなものなんだろうなって思ってたけど、この花もそういうのなんだろうか。

「ふむ。鑑定ではアルモンドとあるな。花のあとに実をつけ、その種子は食用になるようだ」

私たちの内緒話が耳に入ったらしい黒銀が、鑑定した結果を教えてくれた。

「え……それって……」

桜じゃないってことよね？

「わかった！　これ、アーモンドだわ！」

マリエルちゃんがハッとしたように叫んだ。

「ええ？　アーモンド⁉　これが？」

「そう！　アーモンドの花って桜によく似てるんだけど、桜と違って枝から直接花が咲くのよ。昔、近所の公園に咲いてたから桜だと思ってたのにプレートの説明書きを見たら違ったの。ええ？　これってアーモンドの花なの⁉　って、びっくりしたもの」

マリエルちゃんは、違和感の正体にうんうんと納得したように頷いていた。当然、彼女が言う「昔」っていうのは前世のことだ。

「そっか、違ったんだ……」

頑張って探してもらったのに、桜じゃなかっただなんて。

しょんぼりする私に、マリエルちゃんが笑顔で言った。

「うーん、桜じゃなくてちょっと残念ではあるけれど……これはこれできれいだし、お花見できてよかったよね」

「え？」

「だって、クリステアさんに会うまで、こんな風にお花見ができるだなんて思いもしなかったもの。これって、すごいことじゃない？」

マリエルちゃんは満面の笑みで花を見上げる。

「私だけじゃ小さい頃の記憶があってもきっとここまで辿りつけなかったし、クリステアさんは、ここの存在を知らなかった。私たちが出会えたからこうしてお花見ができたんだもの。桜かそうじゃないかって、もう誤差の範囲じゃない？」

そう言われて見上げると、そこには桜そっくりの繊細な花が風に揺れていた。

「うん……そうね。こんなにきれいなんだものね」

マリエルちゃんが言う誤差の範囲かどうかはともかく、皆でこうしてお花見ができるのって、前世の記憶が戻る以前のことを思えば、まるで奇跡みたいな時間だもの。

もしかしたら、いつか本物の桜を見ることができるかもしれないし。

今はこうしていられる幸せをかみしめよう。

「それにね、クリステアさん。これがアーモンドの木ってことは、もしかして……」

「……あ！　アーモンドが採れる!?」

「そのとおり！」

マリエルちゃんが不敵にニヤリと笑った。あ、これは商人モードだ。

そっか、桜じゃないことにがっかりしていたけれど、これがアーモンドの木ってことは、そういうことだよね。花が終わったあとは実をつけ、その種子はきっと私たちのよく知るアーモンドになるのだ。

「アーモンドが収穫できたら、お菓子にも使えるんじゃないかな？」

マリエルちゃんはわくわくと期待を込めた目で私を見た。

「そうねぇ。でも、アーモンドってどうやってあの形になるのか知らないんだけど……」

さすがにアーモンドに関しては、あれが種の部分であるってことぐらいしか知らないのよね。あんなのがいっぱいなるのかな？

「私も……うーん、これは、定期的に観察しに来るしかないかな？」

「そうかも」

「クリステアさん、収穫までにアーモンドを使ってどんなお菓子を作るか一緒に考えましょうね！」

「ええと……うん、そうね」

……マリエルちゃんは試食係しかやらなそうだけどね。

「なんだか楽しそうだけど、二人とも食べなくていいのかい？」

お兄様に声をかけられ、お弁当に目を向けるとかなり減っていた。

「わわ！　いつの間に!?」

マリエルちゃんが慌てておかずに手を伸ばす。

「主《あるじ》の作るメシは美味《うま》いからな」

「おいしいからたくさんたべちゃうよね」

『ちょっと！　卵焼き取っておくれよ！』

黒銀と真白の食べるスピードは全く衰《おとろ》えることがない。あの細い身体のどこに入るんだ……と思ったけど、本来の聖獣姿を思えば少ないくらいかもしれない。

私は輝夜に卵焼きを取り分け、インベントリから追加のおかずを出した。

「さて、私も負けてられないわ」

私もお花見を満喫するべく、おにぎりを手に取った。

お弁当はすっかり食べ尽くされ、食休みをはさんだあとは食後のデザートとしてどら焼きを出した。

本当は桜餅を作りたかったけれど、塩漬けの桜の葉がないし、食紅《しょくべに》もないしで諦めた。

どら焼きは、真白が初めて食べたおやつとしてすっかり気に入っているので、定番のおやつになっている。そのため、大量に作ってストックしているのだ。

「はー……どら焼き美味しいぃ……王都で流行《はや》らせたいけど、あんこはなかなか受け入れられないと思うのよねぇ……」

マリエルちゃんがどら焼きを手に、残念そうに言った。

「うーん、そうだね。僕も初めてどら焼きを食べた時は戸惑ったよ。真っ黒な豆がこんなに甘くて美味しいだなんて想像もつかなかったからね」

確かに、お兄様に初めて出した時は、食べるのを躊躇《ちゅうちょ》していたものね。私が作ったのでなければきっと食べなかったに違いない。

「やっぱり、そうですよね……売り出すのは難しいかぁ……」

残念そうなマリエルちゃんに、そっと抹茶《まっちゃ》ラテを差し出すと嬉しそうに受け取った。

「ヤハトゥールの食材は、見た目がちょっと受け入れづらいものが多いから……。バステア商会がヤハトゥールの食材販売に力を入れるようだし、一般的に知られるようになるその時まで気長に待ちましょう」

「そうねぇ……こればっかりは仕方ないわよね」

マリエルちゃんはため息をひとつつき、抹茶《まっちゃ》ラテをぐっと飲み干した。

「クリステア、もう少ししたら屋敷に戻ろう。僕たちの姿がどこにもないと皆が心配するからね」

「ええ、わかりましたわ」

程なくして私たちは帰り支度をはじめた。荷物をまとめてインベントリにしまい込んでいると、マリエルちゃんが「あ」と呟いた。

「どうしたの？」

「あ、いえ。大した話じゃないんだけど。アーモンドの花言葉をふと思い出しただけ」

「アーモンドの花言葉？」

マリエルちゃんは花言葉とか覚えているタイプに見えなかったから意外だ。

「ええ、例の公園のプレートに書いてあったんだけど、色々と面白かったのよね」

「色々？」

私が聞き返すと、マリエルちゃんは思い出すように花を見上げながら教えてくれた。

「ええとね、確か『真心の愛』とか『永久の優しさ』とか」

「あら、素敵ね」

「それから『愚かさ』とか『無分別』とか」

「……急に突き落としてきたわね」

そんな花を贈られたら、どういう意味か深読みして悩んでしまいそうだわ。

「でしょ？　それと……『希望』だったかな」

「希望……」

うん、それは素敵だ。

「ふふ、クリステアさんを見てると、どれもぴったりかもって思っちゃって」

「ええ!?」

……確かに私は『無分別』で『愚か』だけど……優しくなんてない。今回の件では黒銀と真白に迷惑をかけてしまったし……本当に無分別な愚か者だ。

「然《しか》り。主《あるじ》には『真心の愛』がよく似合う」

黒銀が頷く。

「へ？」

「くりすてあには、『えいきゅうのやさしさ』だってにあってるよ？」

「そうだな」

「ええ？」

「クリステアさんは、私にとって『希望』でもあるわ」

「はえ？」

「ん？　クリステアにはこの花が似合ってるって？　僕もそう思う。可憐で、繊細で……クリステアにぴったりだね」

「ふえぇ？」

何？　何なの？　唐突のほめ殺しはやめよう？　心臓に悪いからぁ！

「あはは、クリステアさんったら顔が真っ赤よ？」

「もう！　からかわないでったら！」

私が叫ぶように言うと、皆が声を上げて笑った。

# 第十二章　転生令嬢は、希望を胸に思いを馳《は》せる。

お花見をしてから数日が経った。

あれから、暇さえあれば真白や黒銀たちと転移して桜ならぬアーモンドの花を見に来ていたけれど、今日来てみたらもう花がほとんど散ってしまっていた。

……また来年までお預けかぁ。

名残惜しいけれど、来年もまた皆でお花見に来ようと約束したので寂しくはない。

今度はセイや白虎様たちも誘えたらいいな。

私は後ろ髪を引かれつつ、屋敷へ転移した。

部屋に戻ると、ミリアをはじめ使用人たちが慌ただしくしている。

私があと数日でアデリア学園に入学するので、その準備に追われているのだ。

「あっ！　クリステア様ったら、どこにいらしたんですか！　探してたんですよ？」

私が戻ったのに気づいたミリアが、プンプンとむくれながら近づいてきた。

「ごめんごめん。しばらくはここの庭を見られないと思って、真白と黒銀と一緒に散策していたのよ。何か用だった？」

ちょっと転移して、最後のお花見に行ったのは内緒です。

「……そういうことでしたら仕方ありませんけど。先程仕立て屋のサリーが制服を届けに来たんです。テーブルの上の箱に入っていますよ」

ミリアがそう言って視線を向けた先には、大きな箱がいくつか積んであった。

「わあ！　開けてみてもいいかしら？」

私はテーブルに向かい、箱を手に取った。

窓辺で微睡《まどろ》んでいた輝夜が、気になったのかするりと近づいてきて、テーブルの上に跳び乗る。

お行儀悪いわよ、輝夜。

「サリーはつい先程帰りました。クリステア様から直接感想をいただきたかった……と、とても残念そうにしていらっしゃいましたよ」

「あらら……それは申し訳なかったわね。よいしょ……と。うわぁ……」

一番大きな平箱のラッピングを解いて蓋を開けると、以前試作で見た制服が素敵に仕上がって箱に収まっていた。

上着を手にとり身体に当ててみる。うん、いい感じ！

「まあ！　クリステア様、とても可愛らしいですわ！」

『うむ、主《あるじ》によく似合う。可憐で品もあり、それでいて……』

『くりすてあ、可愛い！』

『おい、我の賞賛の言葉を遮《さえぎ》るな』

『ふーん、アンタにしちゃいい感じなんじゃないのかい？　少なくともゴテゴテに着飾るよかよっぽどいいよ』

「ふふ、皆ありがとう。わあ！　前に見た時よりもっと素敵になってるわ。ミリア、見てこの袖口の繊細な刺繍《ししゅう》！　豪奢《ごうしゃ》な意匠なのに、同色だから派手に見えないわよね」

「ええ、本当にすばらしいです。なるほど、ここで袖だけを付け替えたりできるんですね。これなら組み合わせ次第で豪華にもできますし……これは流行《はや》りそうです」

「そうね、これなら汚れても簡単に付け替えられるし、便利だからきっと流行《はや》るわね」

「いえ、あの、そういう意味ではないのですが……」

「うーん、でも袖口がゴチャゴチャしてるのは授業中は邪魔になりそうだから、あんまり付けないかもね」

「いえ、せっかく誂《あつら》えたんですから付けてくださいね……」

ミリアがハア……とため息をついているけれど、座学はともかく実習の時なんかは袖口がヒラヒラしてるのって危ないと思うのよね。

制服をひと通りチェックしながら、ミリアと会話を弾ませる。

「あら……これはあとから追加で依頼した箇所ですよね？　まあ、ここでウエストが調節できるんですか。これは便利そうですけれど……クリステア様、油断して食べすぎないように気をつけてくださいね？」

「……善処するわ」

ミリアに注意されたけれど、食べすぎて横に成長した公爵令嬢とか洒落《しゃれ》にならないから本当に気をつけないと。もしそんなことになったら、きっとお母様が黙ってない。

コルセットで締めあげられる拷問《ごうもん》のような未来なんて、絶対回避するんだからねっ！

「ふふ、サリーに今度会ったらお礼を言わなくちゃ。とっても素敵に仕上げてくれてありがとうって」

「ええ、喜ぶと思いますよ」

「ミリア、制服をハンガーにかけておいてくれるかしら」

「かしこまりました」

ミリアは制服の入った箱をまとめて衣装部屋へ運んでいった。

私はそれを見届けて、ソファにぽすんと腰かけた。すると真白がいそいそと隣にやってきて、私の膝にもたれかかる。黒銀も私の足元に寝そべった。輝夜も真白とは反対側に陣取り、私に背を向けるようにして丸くなった。

私は苦笑しながらインベントリからブラシを取り出し、真白にブラッシングをする。

「……あ、花びら」

真白の頭にちょんとアーモンドの花びらが乗っかっているのを見つけた私は、そっとそれを摘み取り、テーブルに置いていた本に挟んだ。

花見の時にいくつか集めた蕾《つぼみ》や花びらを押し花にしておいたので、それと一緒に前世の時のようにしおりにしようと思っている。

「はぁ……。ついに、学園入学かぁ……」

前世の記憶が戻ってからは、いろんなことがあったなぁ。

自分が公爵令嬢に転生したことに気付いて、豊富な魔力を持っていてバンバン魔法が使えちゃったり、聖獣である真白や黒銀と聖獣契約をしたり……前世とはかけ離れたファンタジーな世界に驚いたけれど、今ではすっかり馴染《なじ》んでしまった。

それに記憶が戻った当初は、こんな風に友達ができて、お花見までできる未来が来るなんて思いもよらなかったなぁ。

初めて友達になったセイとは、学園入学後も同級生として仲良くしていけそうだし、私と同じ前世の記憶を持ったマリエルちゃんとはきっと長い付き合いになるだろう。

真白のブラッシングを終え、次に黒銀のブラッシングをしながらこれからの学園生活を思うと、楽しみでついつい顔がにやけてしまう。

これまで色々とあったけれど、家族をはじめ理解のある人たちに出会い、たくさん助けてもらえたのは、本当に運がよかった。周囲の協力で聖獣契約したことも国にバレることなく、なんとか学園入学までこぎつけたもの。

入学後のことはどうなるかわからない。だけど、在学中の猶予《ゆうよ》期間に自分の身の振り方をしっかり考えて行動しないといけない。

皆がせっかく協力してくれたのを無駄にはしたくないからね。

それに、ただただもふもふや美味しいものが大好きなだけで、貴族の令嬢らしさなんて皆無な私が、王太子殿下の婚約者なんかになっちゃいけないと思うんだ。

私より素晴らしいお嬢様がたくさんいるんだから、聖獣契約しているってだけで選ばれるのはおかしいじゃない？

いざという時の抑止力として国に留めておきたいっていうだけなら、王族に嫁ぐ必要なんてないよね？

なんなら今までどおり領地に引きこもったっていいし。もちろん有事にはちゃんと協力しますってば。

その時には、真白や黒銀に迷惑をかけるかもしれないけれど……建国時から王族と契約している聖獣のレオン様がいるだけで十分抑止力になってたんだから、よっぽどのことがない限り何も起こらないと思うんだよね。多分。

うん、そのスタンスで頑張ろう。

私は前向きな気持ちで黒銀のブラッシングを終え、次は輝夜を……と引き寄せた。

輝夜は少しだけ抵抗したけど、ブラッシングを始めるや否やごろごろと喉を鳴らして目を細めた。

私はふふっと笑ってブラッシングを続ける。

自分を取り巻く色々なことに対して、ついつい前世と比べてしまうけれど、今私がいるのが現実《リアル》の世界なわけで。

前世もオタクライフを満喫して、おひとりさまなりに楽しくやっていたけれど、今世は大切な人たちがたくさん増えて、もっと幸せだと思う。

この世界で生きていくんだから、今いる家族や友人をこれからも大事にしなくちゃね。

とはいえ、今の私が私でいられるのは、前世の私の記憶があるおかげだし、そのことも忘れちゃいけない。

それに、その記憶が今後私の武器になることだってあるだろう。

……今の私ができることで、皆が幸せになれたらいいなぁ。

これからも美味しいものを探して、皆に食べてもらったりしたいよね。

……そのためには、王太子妃候補回避と、まだまだ根強く残っているだろう悪食令嬢の汚名返上を頑張ろうっと！

マリエルちゃんの計画に乗っかるみたいでアレだけど、「目指せ！　カフェ経営でまったりのんびりライフ！」だよね！

そうそう、アーモンドも収穫できるか、こまめに確認しに行かなくちゃ。

新作レシピを心待ちにしている皆のためにもね。

私は『希望』を胸に、未来に思いを馳《は》せるのだった。

Regina COMICS
自称
悪役令嬢な婚約者の観察記録。
1~4
シリーズ累計
35万部突破!!
(電子含む)
原作＝しき
漫画＝蓮見ナツメ
Presented by Shiki & Natsume Hasumi
＼アルファポリスWebサイトにて 好評連載中!!／
＼異色のラブ(?)ファンタジー／
待望のコミカライズ！
優秀すぎて人生イージーモードな王太子セシル。そんなある日、侯爵令嬢バーティアと婚約したところ、突然、おかしなことを言われてしまう。
「セシル殿下！ 私は悪役令嬢ですの!!」
……バーティア曰《いわ》く、彼女には前世の記憶があり、ここは『乙女ゲーム』の世界で、彼女はセシルとヒロインの仲を引き裂く『悪役令嬢』なのだという。立派な悪役になって婚約破棄されることを目標に突っ走るバーティアは、退屈なセシルの日々に次々と騒動を巻き起こし始めて――？
自称 悪役令嬢な婚約者の観察記録。
原作 しき 漫画 蓮見ナツメ
35万部突破!!
ついにギャフンされる時が…って、どうして プロポーズされてますの!?
アルファポリス
大好評発売中!!
アルファポリス 漫画 検索
B6判 / 各定価：本体680円＋税

RC Regina COMICS
大好評発売中!
訳あり
悪役令嬢は
婚約破棄後の人生を
自由に生きる
1~3
Mitsubi Uduki
原作◆卯月みつび
Ichino Tomizuki
漫画◆冨月一乃
アルファポリスWebサイトにて
好評連載中!
ものぐさ令嬢の奮闘ファンタジー
待望のコミカライズ!
とある理由から、王子との婚約解消を目指していた公爵令嬢レティシア。努力が実を結び、見事(?)婚約破棄を言い渡され一件落着……と思いきや、その直後、彼女に前世の記憶が蘇った! 看護師として忙しく働いていた前世の分も、今世では大好きなお酒を飲んでのんびり過ごしたい。そんな思いから田舎暮らしを始めようとしたけれど、なぜか次から次へとトラブルが舞い込んできて——!?
新天地で腹黒ライバル登場!?
悪役令嬢の幸せを壊すヒロインに容赦はいたしません!
アルファポリス 漫画 検索
B6判／各定価：本体680円+税

この作品に対する皆様のご意見・ご感想をお待ちしております。

おハガキ・お手紙は以下の宛先にお送りください。

【宛先】

〒150-6008 東京都渋谷区恵比寿4-20-3 恵比寿ガーデンプレイスタワー8F
（株）アルファポリス　書籍感想係

メールフォームでのご意見・ご感想は右のＱＲコードから、
あるいは以下のワードで検索をかけてください。

アルファポリス　書籍の感想　検索

ご感想はこちらから

本書は、Webサイト「アルファポリス」（https://www.alphapolis.co.jp/）に掲載されていたものを、改稿、加筆のうえ、書籍化したものです。


転生令嬢《てんせいれいじょう》は庶民《しょみん》の味《あじ》に飢《う》えている4

柚木原 みやこ（ゆきはら みやこ）

2020年 8月 5日初版発行

編集ー渡邉和音・塙綾子
編集長ー太田鉄平
発行者ー梶本雄介
発行所ー株式会社アルファポリス
〒150-6008 東京都渋谷区恵比寿4-20-3 恵比寿ガーデンプレイスタワー8F
TEL 03-6277-1601（営業） 03-6277-1602（編集）
URL https://www.alphapolis.co.jp/
発売元ー株式会社星雲社（共同出版社・流通責任出版社）
〒112-0005 東京都文京区水道1-3-30
TEL 03-3868-3275
装丁・本文イラストーミュシャ
装丁デザインーAFTERGLOW
（レーベルフォーマットデザインーansyyqdesign）
印刷ー図書印刷株式会社

価格はカバーに表示されてあります。

落丁乱丁の場合はアルファポリスまでご連絡ください。

送料は小社負担でお取り替えします。




ISBN978-4-434-27642-2 C0093